JN005849

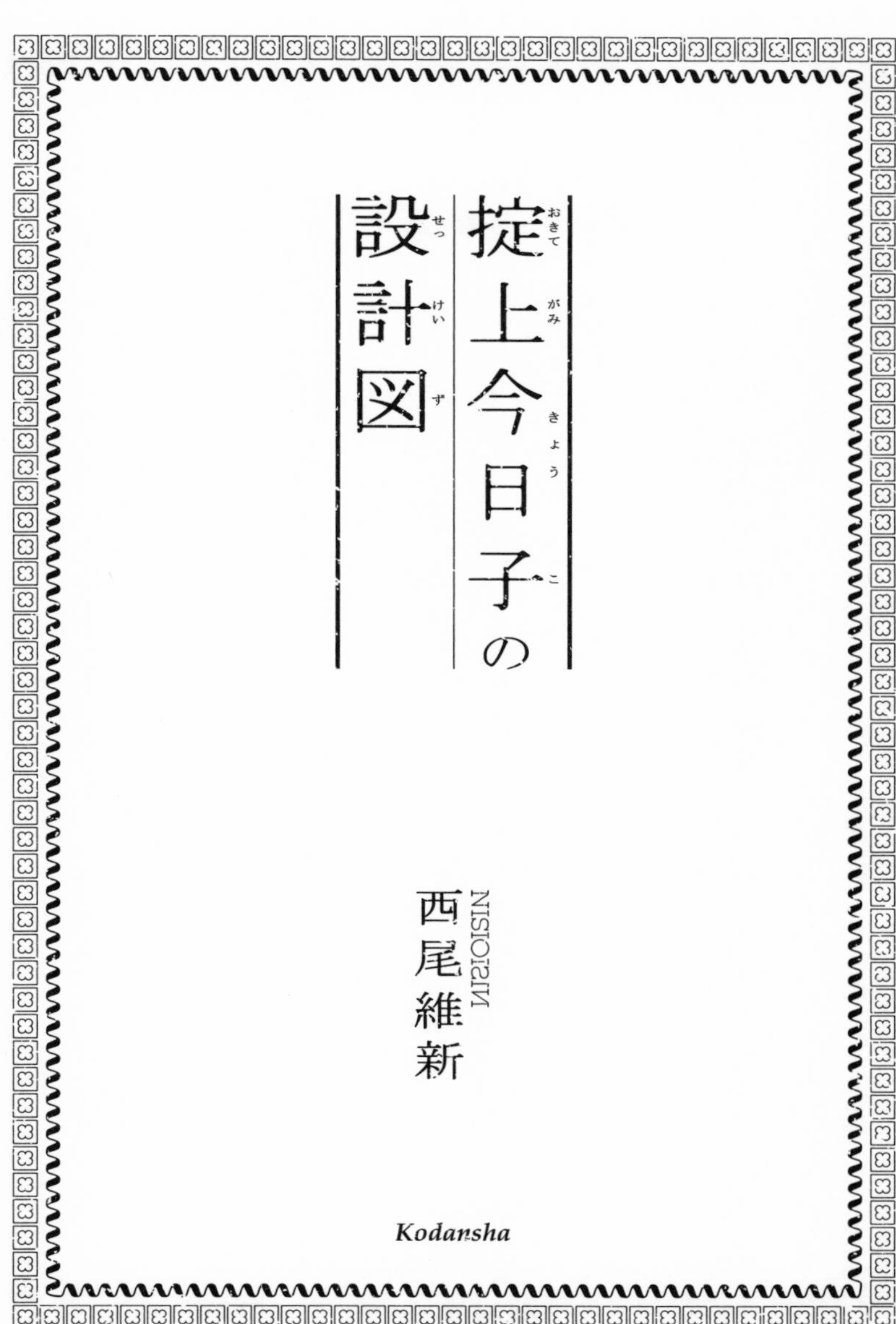

掟上今日子の設計図

NISIOISIN

西尾維新

Kodansha

装画／ＶＯＦＡＮ
装幀／Ｖｅｉａ

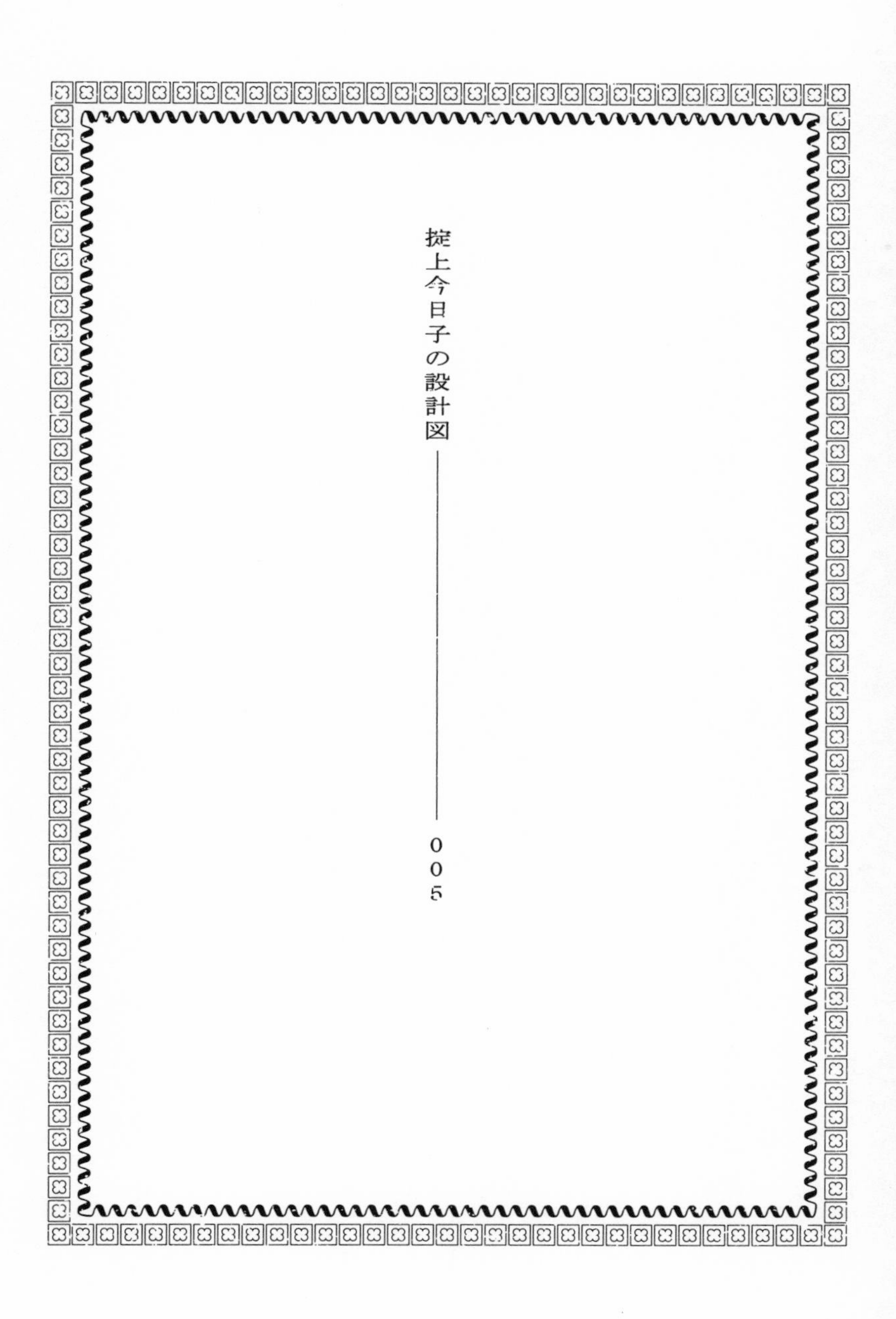

掟上今日子の設計図

掟上今日子の設計図

1

画面に映し出されたのは何の変哲もない、ただの立体駐車場だった。

屋上にまで自動車が駐車できる、四階建ての、飾り気のないモータープール。ユーザー名『curator-9010』とやらが投稿した、こんな面白味に欠ける動画が、どうして『三匹の子猫が互いを枕にして眠る動画』に次いで、本日第二位の再生数を誇っているのか、あなたは不思議に思う——だが、その疑問はすぐに氷解する。

立体駐車場が一瞬で火の手に包まれたのだ。

火事か？　違う、爆発したのだ。内側から。

すわ、新作映画の予告編か何かのプロモーションだったのだろうかと、驚いて椅子から身を乗り出したあなただったが、しかし、そんなあなたをひらりと躱(かわ)すように、画面はぶつりと切り替わった——なんとも乱暴な編集で登場したのは、妙に薄汚れたスキーウェアにスキー帽、ゴーグルで目元を、マフラーで口元を隠した、極めて匿名性の高い人物だった。

むろん、スキーヤーではないだろう。

「いかがだっただろうか、私の芸術作品は」

加工された音声が流れる。ゆえに聞き取りづらかったが、親切なことに、動画には字幕がついていた——思い出してみれば、立体駐車場炎上のパートに際しては、爆音は綺麗にミュート処理されていたようだ。

スマートフォンのカメラアプリを駆使して制作したと思われる、素人(しろうと)丸出しの手作り感あふれる動画ではあったが、気遣いは意外と細部まで行き届いている——戸惑いつつもそんな風に釘付けになっていると、「だが、今のは挨拶代わりに過ぎない」と、映像の中の人物は続けた。

「先ほどご覧いただいたのとまったく同じスケールの爆弾で、私は今日、町村市(まちむらし)現代美術館を爆破する。タイムリミットは閉館時間の午後八時。来館者の皆様には、迅速な避難をお勧めしよう」

言って、撮影者兼被写体の人物は、自撮りのカメラを少しずらした——ちらりと背景に見切れた建物が、言及しているその美術館なのだろうか？　どうやら深夜に撮影された映像らしいが、これからあの建物に、時限爆弾を仕掛けようというのだろうか？

そこで思い出したように、

「私は『學藝員(がくげいいん)９０１０』」

と、匿名性の高い人物は名乗った。それで名乗ったと言えるのなら。

「頼む。警察でも探偵でもいい。この動画を見ているあなたでもいい。誰か私を止めてくれ」

早く私を止めてくれ。

そこで動画は唐突に終わった——終わってみればほんの一分足らずの映像だったが、確認すると、なんと『デモンストレーション』と味気なく題されたこの動画の再生数が、たった今、『三匹の子猫が互いを枕にして眠る動画』を抜いて、第一位に躍り出た。

これはどえらいことだぞ。

2

優良（ゆら）警部は、「死人がでなかったのが不思議だな」という感想を漏（も）らした——焼け残った立体駐車場を見上げての感想である。一階から屋上まであますところなく、駐車場全体が黒焦げになっていて、こうして離れた場所から見る限り、中に駐（と）められていた自動車も、見る影もなく惨憺（さんたん）たる有様だ。

爆弾を仕掛けられたどころか、まるでミサイルでも落とされたかのような惨状である——これで死者ゼロ名というのは、不思議を通り越して奇跡とも思える。

「時間がよかったんですかね。この辺りの企業が共同で使っている、従業員専用の駐車場だそうですから」

と、先に現場に到着していた優良警部の相棒、原木（はらき）巡査が説明した——なるほど、いったい何台のクルマが廃車になったのかはまだ定かではないが、全ドライバーが命拾いした奇跡にはそれなりの理屈があるわけだ。

だが、だからと言って胸をなで下ろすことはできない——この立体駐車場を爆破した犯人は、なんともふざけたことに、次なる爆破を予告しているのだから。しかもネット上で大々的にだ。

優良警部達より更に遠巻きに、黒焦げになった立体駐車場を眺めている群衆の中には、その予告動画を見て駆けつけた者も多いのだろう。

（いや、あの動画を見たら、『次の現場』に向かいたくなるか……？）

町村市現代美術館、だったか。そこを『次の現場』にしないことが、優良警部の仕事であり、そのために、こうして待機しているのだが……。

「まだ中には這入（はい）れないのか？　タイムリミットがあることを思うと、俺はできればすぐにでも、現場検証って奴（やつ）をさせて欲しいんだがな」

「安全が確認されていませんから……。あ、でも、終わったみたいですよ。ほら」

促されてそちらを見ると、黒焦げになった立体駐車場の出入り口から、ひとりの女性が当たり前みたいに姿を現した——正確に言うと、ひとりの女性と、二匹の犬である。

ダメージジーンズにブルーのシャツという簡素なファッション。ダメージジーンズは破れ過ぎて、生地が半分くらいしか残っていない。長い髪、モデルのようにスリムな長身、大きめのサングラスをかけたその女性は、左手のリードにゴールデンレトリバーを、右手のリードにドーベルマンを連れていた。もちろんお昼前の犬の散歩ではなく、現場検証だ。弱冠二十九歳にして爆弾処理班のエース、扉井(とびらい)あざな警部補である——ただし、連れている犬は、両方が火薬探査の警察犬というわけではない。

ゴールデンレトリバーのほうは盲導犬だ。

数年前、爆発物の処理中に、扉井警部補は両目の視力を喪失している——そのときは、誰もが引退だと思ったものだが、驚くなかれ、彼女が爆弾処理班の真のエースとなったのは、そのあとのことだ。

二匹の犬をパートナーに危険地帯を悠然と歩む扉井警部補は、仲間からは『両犬(りょうけん)あざな』などと呼ばれている。

(えっと、名前は——なんだっけな。ゴールデンレトリバーのほうはエクステで……、ドーベルマンのほうがマニキュアだったか? 逆だったか?)

優良警部がそんなことを思っていると、声をかけたわけでもないのに、エクステ(あるいはマニキュア)に誘導される形で、扉井警部補がこちらに近付いてきた——歩調はむしろ早い。

「大丈夫でした。一階から屋上まで、ぐるりと一周してきましたが、内部にはもう爆発物はありません——なにぶんガソリンタンクだらけの現場でしたから、実際の爆発よりも火の手が派手だったようですが、どうやら崩落の危険もなさそうです。ただし、スプリンクラーがまき散らした水で、非常に滑りやすくなっていますから足下にお気をつけてください、優良警部」

簡素なファッションの中、それが唯一の自己主張であるかのような高いヒールを履いた彼女に、足下を心配してもらうようでは、現場指揮官失格か？　早く中に這入りたいみたいなことを言ったが、少なくとも優良警部に、まだ爆弾がくすぶっているかもしれない現場へ、単身で乗り込む度胸はない——それを鋭く指摘された気分になった。

そしてまだ一言も発していないのに、ここに立っているのが優良警部だと確信して報告する扉井警部補に、改めて感嘆する——二匹の犬を引き連れる彼女が、本人も犬並みの嗅覚を持っているというのも、事実無根ではないらしい。

「参考までに。爆発物が仕掛けられていたのは、二階の中央エリア、右から三台目、左から四台目のバン、その内部だったと思われます——残骸が残っていますので、念のため、目視で確認していただければ」

「そこまでわかるんですか。すごいですね、扉井警部補は」

無邪気に感心する原木巡査だったが、それに対して扉井警部補は照れた様子もなく、「賞賛の言葉は、どうかこの子達に」と、二匹のパートナーを示した。

「私はこの子達について行っただけですので」

「あ、えっと――」

別に犬が苦手というわけでもないのだろうが、一般的にイメージされるゴールデンレトリバーとドーベルマンより、更に一回りサイズの大きな二匹に向き合い、怖じ気づいたような態度を見せる原木巡査。

「大丈夫ですよ。警察犬と言ってもマニキュアは火薬探査専門でおとなしいものですし、エクステは盲導犬であって、獰猛犬ではありませんから」

お決まりのジョークのように言われたが、原木巡査はいい返しが思いつかなかったようで、あやふやな笑みを浮かべるだけだった――どちらもよく訓練されている犬なので、吠えも威嚇もしないのだが。名前はどうやら、ゴールデンレトリバーがエクステで、ドーベルマンがマニキュアで合っていたようだ。エクステもマニキュアも、独身ひとり暮らしの優良警部にとっては縁遠い単語なので、何度聞いても頭に入ってきにくい。

「さて。それでは私はこのまま、町村市現代美術館のほうに向かいますね。そちらの爆弾は何としても、爆発前に見つけたいものです」

爆弾処理班のエースらしい言葉だった——確かに、爆弾が爆発したエリアを細かく特定したところで、プロフェッショナルが本懐を遂げたとは誇れまい。投稿された動画で、予告されていた爆破時刻は美術館の閉館時間——午後八時だ。それまでに爆弾を見つけ、適切に処理しなければ。

（今が午前十一時過ぎだから、爆発のタイムリミットまで、あと約九時間か……）

既に職員や入館者の避難は終了し、現場の封鎖も完了しているはずだが、まだ爆弾そのものが発見されたという朗報は入っていない——爆弾処理班の班長としては、すぐにでも、探索にエースを投入したいところだろう。

むろん、犯人逮捕のためには、予告のためだけに爆破されたらしいこの立体駐車場をおろそかにするわけにはいかず、だからこそ彼女には先にこちらの現場を確認してもらったのだが、それが一通り終わった以上、扉井警部補は休む間もなく、本隊に合流しなければならないのだ。

「それでは、またのちほど」

「美術館までの経路はわかりますか？」

原木巡査からの質問に、「ええ。この子達に連れていってもらいます」と、扉井警部補は答えた——これに原木巡査はのけぞった。

「ま、まさか犬ぞりで行くんですか⁉」

「いえ、地下鉄で」

3

いざ中に這入ってみると、予想以上に酷かった――むごかったと言っていいかもしれない。クルマ好きの優良警部には、正視に堪えない光景である――確かに人的被害はゼロだったかもしれないが、いったい被害総額がいくらに上るのか、想像を絶する。無傷な車体なんて望むべくもないし、部品のリサイクルさえ不可能だろう。エコ精神の欠片もない現場だ。

(これが単なる『デモンストレーション』だって言うんだから、とんでもない――)

「こんなことをして、一体何が目的なんでしょうね、『學藝員９０１０』は」

たとえ専門家の扉井警部補が安全を保証してくれても、やはりあの規模の火災跡に踏み込むというのはぞっとするのか、おっかなびっくりの歩調で、辺りをきょろきょろ窺(うかが)いながら優良警部のあとをついてくる原木巡査――相棒のそんなおどおどした態度は他の捜査員にも悪影響をもたらすと思ったが、それはまあぎりぎり気持ちはわかるとしても、こんな惨状を『芸術』などと称して作り出した犯人のことを、『學藝員９０１０』などとふざけた名前で呼ぶのは許しがたかった。

「普通にホシでいいだろ。クズ野郎でもいい。希望通りの名前で呼んでやる必要なんかない。なんだよ、『學藝員』って。『９０１０』って」

「主に作品を紹介する、美術館の職員をそう呼ぶらしいですよ。まあ、普通は『学芸員』って書きますけれど。横文字ではキュレーターと言います」

「キュレーター……、動画の投稿者名が、そんな感じじゃなかったか？」

「ええ。優良警部もちゃんと把握してるじゃないですか。『curator-9010』。『學藝員９０１０』ですね。推測ですけれど、『９０１０』はユーザー名を登録するにあたって、『curator』がもう他のユーザーに使用されていたから、差別化のためにつけ足した番号でしょう」

「意味のない数字なのか」

「意味はないにしても、語呂合わせなのだと思われます。『９０１０』で、『キュウ・レイ・トウ』……、キュレートリアル、ですね」

おどおどした態度の割に、疑問点には妙にはきはき答えやがると怪訝に思った優良警部だったけれど、どうやらその辺の暗号解読は、ネット上でとっくに議論され尽くしているらしい。

予告された、本命の爆破先が美術館であることも含めると、『學藝員９０１０』を名乗る犯人は美術関係者ではないのか、あるいはそのもの学芸員ではないのかなどと、いささか踏み込んだ推理もなされているようだ。

犯行予告が動画投稿でなされ、捜査情報もネット上で収集するとなると、いよいよ古いタイプの警察官である優良警部は、肩身が狭い思いに囚われる――いつまでこうやって、現場にしがみついていられるものやら。

（時代遅れに気後れするぜ。『ホシ』なんて言いかたも、原木みたいなヤングマンから見れば、古式床（こしきゆか）しくて格好悪いのかもな――）

ここは年寄りが妥協するべき場面か。それでも、『學藝員９０１０』ではいかにも長い――その上、やはり犯人の言いなりになるようで癪（しゃく）だ。

「実際に美術館で働いている職員に話を聞くときに、ややこしくなってもなんだしな。『９０１０』でいいだろう」

「わかりました、優良警部」

と、原木巡査。素直な若者である。

「それで、警部は『９０１０』の目的は、何だと思われますか？　こんな大それた真似をしでかしている、犯行の動機は」

「今のところは愉快犯と捉えるしかなさそうだがな。あんな動画を投稿しておきながら、要求らしい要求も出していない」

「美術館に何らかの恨みを持つ者の犯行という線は？」

「だったら最初から、美術館を爆破すればいいいだろう——デモンストレーションをおこなう意味がない。そうだな、しかし動画で公表されていないだけで、『９０１０』は美術館とは秘密裏にコンタクトを取って、脅迫している可能性はあるな。予告通りに爆破されたくなければ、貴重な絵や高価な彫像をよこせとか——」

町村市現代美術館にどんな芸術作品が展示されているのかを、優良警部はまだつぶさに調べられていないので、その辺りは曖昧に想像するしかないのだけれど——そんな話をしているうちに、処理班の扉井警部補が、爆弾が仕掛けられていたと指摘した二階の中央エリアに到着した。

爆弾は自動車に仕掛けられていたということだが——それだけで自動車に対する侮辱だと、優良警部ははらわたが煮えくりかえる思いだったが、なるほど、そういう先入観で見れば、確かにここが爆心地のようだった。

跡形も残っていないとまでは言わないまでも、くだんのバンは、跡形しか残っていなかった——そこにあったのは、あらかじめそうと知っていないとそれが元々はクルマだったのだとは思えないような、熔けた鉄くずだった。

「扉井警部補の話じゃあ、この……、クルマに爆弾が仕掛けられていたってことですけれど、じゃあ、たったひとつの爆弾で、立体駐車場全体が、ここまでの甚大な被害を受けたわけですか？　どんなすさまじい威力の爆弾だったんでしょう――」

原木が震えるように言ったが、しかし優良警部は、それは逆なんじゃないかと思った――爆弾の威力がすさまじかったのなら、爆心地のクルマが鉄くずになるどころでは飽き足らず、この近辺は床や天井が抜けていてもおかしくない。

むしろ犯人は、最小限の爆発でこれだけの被害をもたらしたと見るべきだ――主に近隣企業の従業員用として貸し出されていたというこの立体駐車場は、爆発当時、ほぼ満車状態だった。つまり隅々までガソリンタンクだらけで、引火に引火を繰り返し、動画では全体が一気に爆発したように見えた――厳密には、あれは爆発と言うよりも炎上と言うべき現場だったのだろう。

実際、スプリンクラーで、火災自体はすぐに鎮火した――壁一面が黒焦げになったとは言え、大量の鉄くずさえ撤去すれば、立体駐車場は明日からでも営業再開が可能だろう。爆破のデモンストレーションに使われた立体駐車場と、契約を更新しようという企業があればだが……。

ダイナマイトや手榴弾(しゅりゅうだん)も、実は爆発の威力単体ではさほどでもなく、その爆風や、それによって生じる破片で破壊の規模を高めるらしい。

「動画の中で『９０１０』は、同じスケールの爆弾を仕掛けるって言っていましたよね？　つまり、本命の美術館でも、同じことをするつもりなんでしょうか――最小の火力で、最大の効果を」

「ここのクルマをそうしたように、館内の美術品を全滅させようって算段か？　美術館にガソリンタンクは点在していないにしても、そこは代替手段を設けて――か？　何が目的なんだよ」

やはり愉快犯なのかと思うと、思わず、相棒に当たり散らすような口調になってしまった――だが、今時のめげない若者は、「目的はともかく、要求は、あったと言えばあったんじゃないですか？」と上申してきた。

「ほら。『私を止めてくれ』って言ってませんでした？」

「馬鹿野郎。あれは要求じゃなくて挑発だろ」

警察でも探偵でも、あなたでもいい。誰か私を止めてくれ。

もっとも、万が一あれが要求なのだとしたら、言われるまでもない――止めてやる。なんなら息の根までも。

「爆弾はクルマの内部に仕掛けてあったはずって、扉井警部補は言っていたよな？　つまり、ボンネットの中、エンジンルームあたりに仕掛けていたってことか？」

「エンジンルームに収まるスペースがありますかね？　最小の火力でも、爆弾は爆弾でしょう。残骸だけだとわかりにくいですけれど、バンなんですから、仕掛けるのは荷台でもいいんじゃないですか？」

それもそうか。もっと言えば、運転席でも助手席でもいい。クルマの持ち主が帰ってくる前に、爆破時刻を設定すればいいだけだ——契約駐車場なのだから、その予測はそんなに難しくあるまい。

「目撃者はいないのか？　死傷者はゼロって話だったが、事件当時、駐車場の管理人や警備員はいなかったのか？」

「それが、爆破された時刻には、一階の管理室に二名の警備員が詰めていたそうなんですけれど、警備会社から呼び出しの緊急連絡があって、全員建物を離れていたそうです——ええ、偶然ではありません。警備会社は、そんな召集はかけていないとのことで」

タイミングのいい悪戯(いたずら)電話でもあるまい。

明らかに『９０１０』の仕業だ——爆弾を仕掛ける場面を見られまいとしたのか？　いや、と言うより——

「『９０１０』は『死傷者ゼロ』にこだわったんじゃないでしょうか？」

原木巡査も、同じことを考えたようだった。

「いくら従業員専用の駐車場でも、やっぱり狙ってそうしなければ、ひとりの犠牲者も出ないってことはないと思うんですよ。それに、美術館の爆破予告にしても、タイムリミットという名の猶予を設けたのは、同じ理由じゃないでしょうか？　入館者や職員が、つつがなく避難できるように――」

狙いはあくまで展示品だということか。

人を殺傷しないことを、『９０１０』が美学だと思っているのなら、そんなナルシシズムは何の情状酌量にもならないことを教えてやるしかない。

何百台ものクルマを燃やし尽くしたことも、芸術作品を同じ目に遭わせようとしていることも、殺人に匹敵する許されざる大罪だ――まあ、芸術作品のほうについてはよく知らないが、たぶん、実行された場合の被害総額は、この立体駐車場の比ではないだろう。

「どちらにせよ、死傷者がゼロな代わりに、目撃者もゼロか」

現場検証を始めた鑑識班を尻目に、優良警部は嘆息する――こんな黒焦げの現場では、指紋や足跡はとても望めそうにないが、なんとかして犯人を特定する証拠を見つけなければ、第二の爆破が起こってしまう。

いや、ひょっとすると、第三、第四の――

「……優良警部。確かに、目撃者はゼロのようですが――これから見ることは、できるかもしれませんよ」

と。

そこで原木巡査が謎めいたことを言って、床や壁同様に、黒焦げになっている天井の、隅のほうを指さした——振り向くと、そこには防犯カメラが設置されていた。正しくは、そこには原形をとどめない防犯カメラの残骸が、ぶら下がっていた。

4

仮に防犯カメラが一部始終をあますところなく捉えていたとしても、爆発から始まる火の手はもれなく管理室も黒焦げにしているのだから、映像テープも台無しになっているのではないかと、優良警部は大して期待しなかったが、しかしこれはアナログ刑事の抱える杞憂でしかなかったようで、今時の防犯カメラは、映像をテープなどという旧時代の遺物には保存しないらしい。

どころか、撮影された映像は、無線で遥かかなたの海外サーバに暗号化された上で飛ばされて、立体駐車場の警備員は、パソコンにＩＤとパスワードを入力する手順を踏んでその動画にアクセスし、場内の様子を確認していたそうだ——自分が常駐している建物の内部を監視するために、とんでもなく迂遠な経路を辿っているようにも思えるが、お陰で優良警部は、警備会社にコンタクトを取って、非常時用のＩＤとパスワードを教えてもらうことで、原木巡査の私物である12・9インチのタブレットから、犯行当時のカメラ映像を見られたのだった。

便利な時代になったと、素直に感心することは、しかしできなかった――逆に言うと、『９０１０』が何らかの手段で、このＩＤとパスワードを入手すれば、立体駐車場内の様子を、世界中のどこからでも、常時チェック可能だった疑いが生まれたのだから。『９０１０』が人のいない時間帯を狙って爆破したという仮定が正しければ、その公算は決して低くない。

ニセの呼び出し電話で警備員を遠ざけておきながら、防犯カメラのデータには無頓着だったというのなら、『死傷者を出さない犯行』に陶酔しているという読みもあながち的外れではなかろう――デジタル技術の発展によって、捜査手法がみるみる躍進を見せる一方で、犯行手段も著しい成長を遂げているわけだ。

ともあれ、問題の防犯カメラの、爆破時刻の映像を、タブレットの持ち主と一緒に観賞することで、わかったこととわからなかったことがあった――わかったことは、爆弾探査のエキスパート、扉井あざな警部補の読みは正確無比だったということ。

映像はモノクロだったが、ありし日の（と言うか、今日未明だが）バンが、前触れもなく内部から爆発し、周囲周辺のクルマを巻き込む形で火の手が広がって行く様子がまざまざと、克明に記録されていた——そして一秒後には、カメラも吹き飛んだのだろう、映像はブラックアウトする。

爆発の瞬間をスローモーションで再確認すると、爆弾はどうやら、ボンネットではなく、荷台のほうに仕掛けられていたらしい。

視力を失った扉井警部補が一時間足らずの現場検証で特定した事実に、海外のサーバまで経由してようよう辿り着いたことに、現代テクノロジーのアイロニーを感じずにはいられなかったが、ともかく、それが『わかったこと』だとすると、『わからなかったこと』は『9010』の正体だ——映像を巻き戻せば（考えてみれば、『巻き戻す』という表現自体、旧時代のテープの名残でしかない）、てっきりバンに爆弾を仕掛ける『9010』の姿が映っているはずと期待していたのだが、しかし、その決定的瞬間を、防犯カメラは撮影していなかった。

少なくとも確認できなかった。

バンがそのスペースに駐められた時刻から、爆破時刻までの映像を早送りで（『早送り』は現役の用語か？）確認するも、不審者が近付いてきて、荷台に細工をするなんてことはなかった——見逃したのだろうか？　通常の再生速度でじっくり見るべきなのか？　しかし、刻一刻とタイムリミットが迫ってくる状況で、約二時間にわたって、静止したクルマの映像を凝視し続けるような余裕はない。

「無頓着だったわけではなく、『９０１０』は、防犯カメラにも何らかの仕掛けをしていたということか？」

「ニセの映像をサーバに飛ばしたとか、サーバにハッキングして映像を編集したとか、ですか？　どうでしょうね。極めて高いＩＴ技術を要するでしょうし……、投稿された予告動画の完成度の低さを見る限り、そもそも『９０１０』の編集スキルは『極めて高い』とは言えないように思えますが――」

そういった判断は、まあ、若者の感性のほうが正しかろう。優良警部としては、知識もなくいい加減なことを言っただけだ。

だが、否定的なことを言いつつも、完全に不可能とまでは断言できないようで、原木巡査は、「だとすると、やはり通常再生で編集の痕跡を探すしかなくなりますね」と言った――うんざりする方針だ。

時計の針はいつの間にか正午を回っていた。残り時間が八時間を切ったということである――そのうち四分の一を、ほぼ静止画の動画を見つめる儀式に献上するか？　だが、他にとっかかりがないのも事実だ。くそ、『９０１０』は透明人間か何かか？　それとも、目にもとまらぬ、カメラにも映らぬ早業で爆弾を仕掛けてみせる、手品師か？

「……美術館のほうはどうだ？　設置された時限爆弾が発見された、なんて報告は、まだ入ってきていないのか？」

「いませんね……、」扉井警部補が、そろそろ現場に到着したかどうかくらいじゃないですか？」

そんな都合のいい展開はないか。

こちらはこちらで全力を尽くすしかない。

「――とりあえず、もう一度頭から早回ししよう。バンが駐められてから、粉々になるまでだ――ただし、速度を少し落として」

「了解。さっきは八倍速でしたが、今度は四倍速で再生します」

それでも三十分もかかるわけか。この状況では、身を切られるのと大して変わらない、時間の浪費だ――だがこの徒労を、若手に丸投げするわけにもいかない。馬鹿馬鹿しいことだが、できるだけ瞬きせずに、タブレットから目を離さず、愚直に、さながら立体視の絵でも見るように、何かが飛び出してくることを期待して――

「止めろ！」

ほとんど再生開始と同時に、優良警部は原木巡査を制した――突然の大声に面食らった相棒に、優良警部は、

「バンの所有者に連絡は取れるのか？」

と訊いた。

「え？　あ、はい。そりゃあ——このクルマだけじゃなくって、おしゃかにされたクルマの持ち主、全員と連絡を取っている最中です。これだけのクルマが火あぶりにされたってことは、被害者もそれだけいるってことですけれど、あれだけ大々的に動画が公開されていても、まだ事件を知らない人も少なくないみたいで、所有者探しが難航しているクルマもあるようです……が、やはり契約駐車場ですから、大方はすぐに……」

「最優先でバンの所有者を突き止めろ。話を聞きたい」

「……『９０１０』に繫がるヒントを、バンのドライバーだったら、この映像から見いだすことができるだろうって読みですか？」

「いや」

言って、優良警部は、タブレット画面に表示された映像に視線を戻す——ドライバーが駐車したバンから降りようとする瞬間で停止ボタンが押された映像に。防犯カメラの粗い画像でもわかるくらい、いかにも挙動不審な、怪しんでくれと言っているような、背の高い、しかし猫背の男だった。

「ドライバーが『９０１０』だ」

5

「探偵を呼ばせてください！」

ところ変わって警察署の取り調べ室。

任意同行で連れてこられた巨漢、隠館厄介(かくしだてやくすけ)は、自分がクルマを焼かれた被害者としてではなく、爆弾魔として事情聴取を受けようとしていることに気付くや否や、そう叫んだ。悲痛な叫びではあったが、なんだか叫び慣れている風でもあった——そういう意味では、終始あからさまにびくびくしつつも、妙に場慣れした雰囲気を持つ青年でもあった。

（探偵？）

弁護士ではなく？

はっきり言って、バンの所有者である宅配会社勤務・隠館厄介のプロフィールを調べたときには、決まりだと確信した——逮捕歴の山だった。山も山、富士山かエベレストかという山が、山脈を連ねていた。

ありとあらゆる罪状で逮捕されていると言っていい——年齢は見た目よりも若く、二十五歳とのことだったが、しかし逮捕数は二十五では済まない。微罪も含めれば、三桁を余裕で超える——取り寄せた資料は、厚みがＡ４サイズに達するくらいの分厚い束になった。とても精査していられない。

どうしてこんな人間が野放しにされているんだと思ったが、ひとまず資料を流し読んでみると、隠館青年は逮捕数こそ多くとも、一度も起訴されていなかった——すべての罪状で、不起訴に終わっている。

なんだこいつは。大統領の息子か何かか？

そうでなければ、よっぽど敏腕の弁護士でも専属にしているのだろうと身構え、ならば今回こそ年貢の納め時だと意気込んで取り調べに臨んだ優良警部だったが、自白を迫られた隠館青年が呼ぼうとしたのは、探偵だった。

（そう言えば、『９０１０』は予告動画で、『誰か私を止めてくれ』と挑発するとき、『警察でも探偵でも』なんて言ってやがったな——）

だがまあ権利は権利だ、あだやおろそかにはできない。

それに、この件に関しては、まだ逮捕状が取れたわけではないのだ——物的証拠はなく、あくまで、参考人の段階である。たとえ引き延ばし戦術であろうと、電話をかけさせないというわけにはいかない——まったく、タイムリミットは迫る一方だというのに。

ぶっきらぼうに「好きにしてください」と促すと、隠館青年はそそくさと携帯電話を取り出し、アドレス帳を開く——と、そこで思い出したように、

「えっと、この事件って、今日中に解決しないとまずい事件ですよね？」

と、今更の質問をしてきた。

何を白々しいことを、と怒鳴りつけたくなる衝動を抑え、「ええ。正確には、今日の午後八時までに」と答えた――それをどう受け止めたのか、隠館青年は「だったら今日子さんしかいないか……、最速の探偵しか」と、携帯電話の操作を再開した。

（今日子さん？）

最速の探偵？

いや、どうでもいい――それよりも、できればその探偵とやらが到着するまでのタイムラグに、この容疑者を落としたい。一応、その『最速の探偵』『今日子』とやらに関する情報収集を、原木巡査に命じておいて、通話を終えて一息ついたタイミングの隠館青年に、

「無駄な抵抗はせず、早いうちに白状しておいたほうが身のためだと思いますがね、隠館さん――『９０１０』さん」

と、切り出した。

威圧するだけでなく、なだめてすかす。

機械にはできないことをしよう。

「はあ――」

などと、戸惑った風な表情を浮かべる隠館青年——大した役者だ、と半ば呆れつつ、優良警部は続けた。我慢ならない怒りはあるが、こちらも大した役者にならねば。

「確かに防犯カメラにあなたの姿は映っていませんでしたが、余計なトリックを弄したことで、あなたは自分こそが『９０１０』だと、言ってしまっているようなものなんです——わかりませんか？」

問いかけても、黙秘権の行使のつもりか、沈黙を保つ隠館青年。それとも、これだけ言っても、彼はまだ、自分のミスに気付かないのだろうか。とぼけるにはあまりにも決定的なしくじりを犯しているのに。

「該当のスペースに駐車されてから、荷台の爆弾が爆発するまで、バンに近付いた不審者はいなかった……、しかし、単純に考えればよかったんです。何も爆弾を、駐車場の事件現場で、見上げれば防犯カメラがあるような場所で、これ見よがしに仕込む必要はない——それ自体は自宅の駐車場でもできる作業なんですから」

最初から爆弾を積んでくればいい。

そうすれば防犯カメラで撮影されるのは回避される——しかし、裏を返せば、それができるのはバンを運転してきたドライバーだけだ。

あのスペースに駐車した人物。

バンを降りて、立体駐車場から去って行った人物――背の高い、猫背の男。即ち、今、優良警部の目の前にいる青年――宅配会社勤務の隠館厄介だった。

「荷台に爆弾を積んでおいて、気付かなかったなんて言い訳が通ると思いますか？」

「いや、だから、爆弾なんて本当になかったんですって――荷台には何も積んでいませんでした。空っぽだったんです」

隠館青年が身振り手振りを交えて釈明する。

なんて見え見えの嘘を。こうなると哀れでさえある。

数々の逮捕歴を、大統領の庇護の下で帳消しにされ続ける間に、罪の意識どころか、罪を犯した事実そのものを忘れてしまっているのだ――自分は本当にやっていないと信じてしまっている。都合の悪い事実は見ようともしない。非を認めるという発想がない。これではたとえ逮捕状が取れたところで、タイムリミットまでに爆弾のありかを自白させることは難しいかもしれない。

この哀れな男はもう、そんな犯罪行為をなした事実を忘却してしまっているのだから、設置場所も忘れてしまっているに決まっている。

「いえ、僕は冤罪体質であって、忘却体質じゃありませんから――」

「忘却体質？」

なんだそれは。わけのわからないことを言って、捜査陣を混乱させようという算段か？

そうはいくか——犯罪事実をすっかり忘れたと主張するのなら、手段を選ばず思い出させてやるまでだ。

たとえ力尽くでも——

「あのう、優良警部」

衝動のままに、危うく優良警部が一線を越えかけたところに、取り調べ室へと戻ってきた原木巡査が、間に割って入ってきた——もう『最速の探偵』とやらの調査結果が出たのだろうか？

ではなかった。

『出た』のではなく、『来た』のだった。

「受付に置手紙探偵事務所所長、掟上今日子さんがいらしています」

「はあ？」

思わず、変な声を出してしまった。

電話から五分も経っていないのに？

「最速の探偵ですから」

隠館青年が言った。一貫して挙動不審だった彼が、なぜかここだけは誇らしげに。

警察署の友人から、どうやら隠館厄介が掟上今日子を呼び出したらしいと聞いて、『學藝員９０１０』は、胸をなで下ろした——実は、今回の計画で、一番リスキーなのはここだと思っていたのだ。

6

もっとも際どい点だった。

隠館厄介は掟上今日子以外の探偵に依頼するかもしれなかったし、そもそも捜査陣は、隠館厄介を容疑者扱いしなかったかもしれない——防犯カメラの映像を見ても何も気付かなかったかもしれないし、そもそも、犯行現場の映像がサーバに保存されていることにも、タイムリミットまでには気付かなかったかもしれない。可能性を言い出せばきりがないし、そのすべてをフォローすることなんて不可能だった。

むろん、それなりの勝算はあった。

爆弾を仕込むクルマを選択するにあたり、隠館厄介のクルマを選んだのは、彼が数々の濡れ衣を着せられてきた、疑われやすさにおいては右にでる者がいない冤罪マスターだからだし、そんな彼が置手紙探偵事務所の常連であることも知っていた。

タイムリミットを設けている以上、自衛手段として名だたる名探偵の連絡先をアドレス帳にコレクションしている隠館厄介は、今回の濡れ衣を晴らす探偵として、きっと『最速の探偵』をチョイスするだろうとは思っていた――けれど、『學藝員９０１０』は、決して自分に甘い採点はしない。

辛（から）いとは言わないまでも、しょっぱい。

いいところ五分五分だと思っていた。

人の動きは、まして人の気持ちは、完全にはコントロールできない――爆弾とは違って。

仮にすべてが思惑のままに進んだとしても、その特性ゆえ、事前予約が不可能な置手紙探偵事務所に、今日、別の仕事が入っていたら、たったそれだけですべてがおじゃんだった――ともかく、ほっとした。

これで予定通り、町村市現代美術館の爆破に専念できる。

設計図通りに。

もう立体駐車場のほうは、放っておいていい。野となれ山となれ――焼け野原となれ火山となれ、だ。それよりも、これからは美術館に駆けつけている爆弾処理班の面々をこそ、丁寧に翻弄してやらなければならない。

峠を越えたことで得たその確信に、『學藝員９０１０』はほくそ笑んだ――昔から大切に暖めていた企画を、遂に実現できたキュレーターのように。

7

現れたのは総白髪の、しかし予想していたよりもずっと若く、いかにもおしとやかそうな、眼鏡をかけたおっとりとした女性だった――ベーシックなトレンチコートにストライプのシャツ、幅広のパンツにヒールの靴という、取り調べ室には不似合いと言うしかないほどファッショナブルな探偵である。

「初めまして。探偵の掟上今日子です」

初めまして？

おかしなことを言う――優良警部に対してはともかく、依頼人である隠館青年に対しても、そんな初対面の挨拶をするなんて。

この被疑者は、会ったこともない探偵を、この窮地に呼び出したのか？　あれだけの罪状を、すべて不起訴に持ち込んだ、昵懇の探偵に助けを求めたんじゃなかったのか？　敏腕弁護士に匹敵する無罪請負人の探偵に。そんな疑問は、しかし、原木巡査がこっそり差し出してきた手書きのメモを読むことで、解決した――忘却探偵。

どうやら、『最速の探偵』というワードについての下調べも、決して間に合わなかったわけではないらしく、原木巡査は、掟上今日子が忘却探偵であることまでは突き止めていた。

一日で記憶がリセットされる、守秘義務絶対厳守の探偵——どんな事件も一日以内に解決する、最速の探偵。

メモには彼女の、そんなキャッチフレーズが書かれていた——なるほど、事件の内容どころか、依頼人のことさえ忘れてしまう探偵か。奇妙な探偵もいたものだが、ただ、有能であることは確かなようだ……、隠館青年の数々の罪状を不起訴に持ち込んだどころか、これまでに何度も、警察に捜査協力をした経験もあるらしく（本人は忘れているが）、メモの最後には、『今日子さんにくれぐれも失礼のないようにと、署長から言いつかっています』という、原木巡査からの注意書きが付け加えられていた。

『今日子さん』ときたか。

現場担当の優良警部辺りには知らされていなかっただけで、法執行機関の上層部辺りでは、それこそ、公然の秘密であるようだ。

場合によっては丁重にお引き取り願おうと思っていたのだが、そういうわけにはいかないようだ——隠館青年はと言えば、今日子探偵の登場に、百万の味方を得たがごとく、嬉しそうな顔をしていた。

「よろしくお願いします、今日子さん！　どうか僕の濡れ衣を晴らしてください！」

「ええ。できる限りのことはさせていただきますとも、隠館さん。もちろん、あなたが無罪の場合はですが」

探偵のほうは、笑顔ではあったが、そっけなかった。何度目の依頼であろうと、あくまで初対面の体で通すらしい。

「さてと。早速ですが優良警部、防犯カメラの映像を見せていただいてもよろしいですか？ここに来るまでに、できる限りの情報収集はさせていただきましたが、やはりそれを見せていただかないことには、話が進みませんので」

挨拶もそこそこに、てきぱきと本題に入る最速の探偵——ここで抵抗する意味もないか。むしろ動かぬ証拠を突きつければ、探偵をこちらの味方につけることもできるかもしれないと、淡い期待を抱いた。

少なくとも、弁護士なら、『素直に罪を認めたほうがいい』と、依頼人の説得に転じるだけの材料は揃（そろ）っている——美術館の爆破が未遂で終われば、賠償金のほうはともかく、生きているうちに刑務所から出ることはできるかもしれない。祖父母の死に目にはあえなくとも、親の死に目には間に合う。

原木巡査に指示を出して、彼のタブレットで防犯カメラの映像を再生させる——八倍速で見ても十五分かかる映像だったが、早送り中も今日子探偵は黙っておらず、隠館青年、優良警部、原木巡査に、順繰りにあれこれと質問を続け、事件の全面的な把握につとめていた。

余計なお世話だけれど、もっと集中して画面を見た方がいいと思う――この探偵には、脳が三つくらいあるのだろうか。隠館青年の様子を見ると、そんなマルチタスク処理は、最速の探偵のいつものスタイルらしい。

「ふむふむ。なるほどなるほど」

十五分後、映像のブラックアウトを受けて、今日子探偵はいかにも興味深そうに頷いた。

まさか優良警部が気付かなかった新事実でも発見したのかと身構えたが、出てきたコメントは、「最新テクノロジーってすっごいですねえ」だった。やれやれ、防犯カメラの映像が見えない電波となって空を飛び、現場を離れた取り調べ室からでも確認できることに驚いただけらしい――さては優良警部と同じアナログ人間か。

わずかに共感を覚えたが、

「タッチパネルって、今、ここまで来てるんですね」

と、今日子探偵はうきうきと続けた――タッチパネルを知らないのか？　いくらなんでもアナログ過ぎるだろう――違う、知らないのではなく、忘れているのだ。一日ごとに記憶がリセットされる忘却探偵にとって、日進月歩の『最新テクノロジー』が、更新されることはないのである……、ともすれば、優良警部よりもずっと、アナログな知識でこの事件に挑もうとしているのかもしれない。

当の本人は平気の平左といった風に、「さておき」と切り替える。

「確かに、ドライバーである隠館さん以外の人物が、バンに近付いた様子はありませんねえ——これを見ると、爆弾は立体駐車場の外で仕込まれたんじゃないかと推理するのが、妥当にも見えます」

「そ、そんな！　ちょっと待ってくださいよ、今日子さん！」

慌てたように立ち上がり、抗議の意を示す隠館青年——立ち上がられると、本当に背が高い。床に立っているのではなく、天井から吊り下がっているようにさえ見える。猫背をしゃんと伸ばしたら、二メートルくらいあるんじゃないだろうか。

「早送りで見たから、見落としたんじゃないですか!?　もう一度、今度はスローモーションで見ましょう！　なんならコマ送りで！」

ふざけるな。

午後八時のタイムリミットを、遥かにオーバーしてしまう……、まさか時間稼ぎのつもりか？　動転している振りをして、そんな猪口才な小細工を……、だが、そんな馬鹿げた提案に、忘却探偵は乗らなかった。

「最速の探偵ですので。たかが八倍速程度の映像を、見落とすことはありません——なので、続いては別の映像を見せてください。お話に出ていた、犯人からの予告動画を見せていただいてもいいですか？」

「あ、はい」

原木巡査が言われるがままにタブレットを操作し、アプリを起動して、該当の動画投稿サイトを呼び出す――その様子を忘却探偵は、まるで魔法でも見るように見ていた。ユーザー名『curator-9010』が投稿した予告動画『デモンストレーション』は、一時(いっとき)再生数第一位に躍り出ていたが、半日たった今は多少落ち着いたようで、三位までその順位を下げていた――ちなみに第一位は『音楽に合わせてコーラスをする子犬』で、第二位は『猫におんぶされるハムスター』だった。

ネット世界の更新速度は、『たかが八倍速』どころではないらしい――まあ、そうは言っても、国会議事堂やスカイツリーが狙われているわけではないのだ。名もない立体駐車場や地方都市の美術館が標的では、こんなものか。できればこのまま、『學藝員９０１０』の投稿した予告動画は忘れ去られて欲しいものだ。

投稿者と目される被疑者と、忘却探偵を前に願う希望としては、なんとも皮肉だったが、そんな優良警部をよそに、今日子探偵は「再生ボタン、私が押してみてもいいですか？」などと、無邪気なことを言っている。

「これって、指からの静電気に反応しているんですよね。うふふ、じゃあこっそり指紋採取するのにも役立ちそうですね」

……そんなに無邪気でもないか。

探偵らしさも垣間見せつつ、さすがにこの動画に関しては、今日子探偵は通常速度で、しかも黙って視聴した——防犯カメラの映像と違って音声つきなのだから当然だろう。加工された音声で、字幕もついているとは言え……、ふと見ると、隠館青年も、同じようにタブレットをのぞき込んでいた。

(自分で作った動画の癖に、初めて見るようなツラをしやがって)

ひたすら挙動不審なようでいて、意外と演技派なのか——忘却体質ではなく冤罪体質と言っていたが。

果たして、忘却体質の探偵のほうは、一分足らずの動画を見終えてから、「まあ、指紋をつけずに操作する方法もありそうですが」などと、的外れな感想を漏らした。タッチパネルの感想はいいから。嵌めたままでもスマートフォンを操作できる手袋のことを言っているのだろうか——手袋の歴史も古かろうが、まさかそんな奇妙な形の進化を遂げることになろうとは、発明者は予想だにしなかっただろう。

「あ、あの……、今日子さん?」

すっかり依頼人よりもテクノロジーに関心が向いてしまっているらしい探偵に、さすがに

隠館青年が不安げな声を出す……、それを受けて、

「『學藝員9010』ですか。えらく芝居がかった映像ですね」

と、彼女は言った。

そうだろうそうだろう、さあ、その芝居がかった映像を制作した張本人を、無駄な抵抗はやめて自白するよう説き伏せてやってくれと、優良警部は時計を気にしつつ（残り時間を、これで三十分近く浪費した！）俄然期待を強めたが、あにはからんや、忘却探偵は、

「こうなると問題は、このかたがどうして、私の依頼人に濡れ衣を着せようとしているのか、ですね——それがわかりません」

と続けた。

8

「ぬ——濡れ衣？」

わかりません、と忘却探偵は言ったが、逆に言えば、それは『9010』が隠館青年に、濡れ衣を着せようとしていることは自明だと言っているようなものだった。まさか、容疑を真っ向から否定する気か？　陰謀論めいたロジックを用いて、隠館厄介は犯人に仕立て上げられたのだと言い張る気か？　そんな法廷戦術を、こんな切羽詰まった取り調べ室で使おう

だなんて――このお洒落さんは本当に探偵なのか？　敏腕、もとい、悪徳弁護士ではなく。

「いえいえ、探偵ですとも。最速にして忘却探偵です。私にはこの事件の真相が、最初からわかっていました」

だから最速過ぎるだろう。

苛々を隠しきれなくなってきた――いくら署長からの言い含めがあるからといって、我慢にも限度はある。いつまでも紳士ではいられない、遊びじゃないんだ。こうしている今も美術館では、文字通り刻一刻と、時限爆弾のタイマーが時を刻んでいるかもしれないのだ――こんな浅はかな戦術に付き合っている暇はない。

「遊びではなく推理ですよ、優良警部。そもそも、最初に推理を持ち出して来たのはあなたがたではありませんか――防犯カメラの映像に爆弾魔が映っていないから、バンのドライバーが犯人だと決めつける消去法は、警察ではなく探偵のやり口ですよ」

痛いところを突く。

そう、確かに物的証拠があるわけじゃないのだ――だから逮捕状は、まだ取れていない。たとえ物的証拠があったとしても、そんなものはあの爆発炎上で一掃されていることだろう……、その意味では、確かに今日子探偵の言う通り、隠館青年を取り調べ室で締め上げるのは、優良警部の勇み足とも言える。

手続き上の違反も、いくつか犯している。だが、それがどうした。

他に犯人が考えられない以上、一秒一刻を争うこの状況では、多少細部が粗くなろうと、法理よりは論理に基づいて動くしかなかろう。

「他に犯人が考えられない以上――では、他に犯人が考えられるようであれば、私の依頼人を解放していただけるということで、よろしいですね？」

「……ええ。まあ」

それこそ揚げ足を取るようなロジックだが、そう訊かれては、いいえ絶対に解放しません、自白するまで一生閉じ込めますとは答えられない。もっとも、あの映像から他に犯人が考えられると言うのであれば、是非とも拝聴したいところだった。

「では、ご説明いたしましょう。もったいぶることなく、最速で――これは要は、視点の問題なのです」

「視点？」

隠館青年が、不安そうなまま、探偵の台詞を反復する。

「ええ。推理小説において名探偵は視点を、主観ではなく客観に置くことを重視します――全体を俯瞰的に見ることが大事だと言います。ですが、今回はその視点が、防犯カメラという極めて客観的な装置を通して、天井という極めて俯瞰的な位置にあったため、優良警部はうっかり真相を見落としてしまったのです——失礼。『真相』ではなく、『他の可能性』ですね」

気遣ってもらわなくても結構。

なんにしても見落としがあったと言うのなら、教えてもらおうではないか。

「隠館さんが、そのスペースに駐車してから、爆弾を仕掛けるためにバンに近付いた者はひとりもいない——だからドライバーである隠館さんが、事前に爆弾を仕掛けた『９０１０』である。くどいようですが、優良警部の推理は、これで間違いありませんか？」

「ええ。なんなら、もう一度映像をご覧になりますか？」

うんざりした気分で、優良警部は投げやりに答える——くどいも何も、最速どころか、牛歩戦術を使われている気分だ。

「だけれど、どんな遅回しでご覧になったところで、爆心地のバンの前後左右、どこからだって近付く影はありませんよ」

「下からは？」

「え？」

「前後左右から近付く影はなかった——しかしながら、クルマ自体の陰となる真下から、近付く影もなかったと断言できますか？」

その指摘に、優良警部は慌てて、原木巡査から横取りするような形で、自らタブレットを操作する——防犯カメラの映像を八倍速で再生する。

既に何度も見た映像だ。

天井の定点カメラは、ほぼ静止画のように、バンをずっと映している——斜め上空から。

(真下は——死角だ。確かに)

全体を見渡せる俯瞰の視点だからこそ、もしもそこに潜まれたなら、その人物を画角に収めることができない——整備でもするかのように車体の真下に潜り込んで、バンの床に穴を開け、荷台に爆弾を積み込んだ？　どのみち爆弾で吹っ飛べば、事前に穴が開いていたかどうかなんてわかりっこない？

いや、いやいや、だがやはり、『下から近付く』なんて可能性は、考慮に値しない。

一瞬、迂闊にもはっとさせられたが、犯行現場は公道じゃないのだ。一階でさえない、立体駐車場の二階である。

都合よくマンホールの真上にバンが駐車していて、真下からアプローチできたなんてことはない——真下にあったのは、ただのコンクリートだ。それは現場検証をおこなった優良警部が、客観的ではない主観的な視点で確認している——熔けた鉄くずの下にあったのは、黒焦げのコンクリートである。

「鉄くずは一台分だけではなかったでしょう？　それこそ左右にも何台か、クルマが熔けていたはずですよ」

熔けて――いた。

中央エリアだけで見ても、右に二台、左に三台。どころか、立体駐車場全体が、あの時間帯はほぼ満車状態だった。カメラの死角になっているのは、爆弾が積まれていたバンの真下だけではない――左右に駐車されているクルマの真下も、その左右に駐車されているクルマの真下も、同様に死角だ。

つまり。

「……『９０１０』は、フロアに駐車しているクルマの下を這うように移動することで、カメラを避けつつ、目的のバンに到着したんですか？」

「名推理じゃないですか、優良警部」

白髪（はくはつ）の探偵は、白々しいことを言った。

9

すぐに立体駐車場の見取り図を取り寄せ、同時に警備会社に連絡し、設置されているカメラの正確な位置を聞き出した――今日子探偵の推理がどこまで現実性のあるものなのか、確かめるためだ。

机上の空論なのか、それとも。

現場に残っている捜査員から、該当エリア周辺の写真もカラーデータで送ってもらった――どのスペースに、どんな車種が駐まっていたかをつぶさに明確にする。車種によっては、人間が下をくぐれないものもある――たとえ現場写真の中の駐車車両がほぼほぼ残骸と化していようと、クルマ好きの優良警部には、それで特定には十分だった。年代まではわからずとも、車種はわかる。

粗い推理を探偵の専売特許と言った掟上今日子は、逆に、細かい検証は自分の仕事ではないと弁えているのか、その間、取り寄せられた立体駐車場の見取り図を、ためつすがめつ見ているだけだった――果たして己にどんな判決が下されるのか、どきどきしている風の依頼人のフォローをしようともしない。

その意味では、彼女は間違いなく、弁護人ではない。仮に隠館青年が犯人としか考えられなければ、無情にそう指摘したのだろう――最速で。

半時間近くにわたる検証の結果、果たして。

出た結論はなんと『十分に可能』だった――クルマの真下をトンネルとするルートに取り入れれば、防犯カメラの見張りはかわしうる。問題のカメラのみならず、すべての天井カメラの死角を移動できる。

むろん、あくまで駐車場は駐車場であり、クルマ同士は密接して駐められているわけではない——それぞれの車間というものがあり、その間は陰から這い出ることになるが、斜め上からの『俯瞰』では、その車間もまた死角になる——広く捉える俯瞰だからこその死角。

また、駐車エリアから別の駐車エリアに移動する際だって、防犯カメラは場内の車道、そのすべてをカバーしているわけではなかった。

フロア全体を、相当うねうね蛇行するような動きになるので、スムーズな移動とはいかないにしても——衣服は汚れまくるだろう——優良警部は見事に『他の可能性』を提示されてしまったというわけだ。

「ああ。だから予告動画のスキーウェアが、あんな薄汚れていたわけですか」

原木巡査が、どちらの味方かわからないようなことを言ったが、それはきっとその通りなのだろう——手袋やスキー帽は、単に匿名性を高めるためだけのものではなく、素肌を守るためのものだったのかもしれない。

これで捜査は振り出しである。

新事実が発覚したというのに、前進ではなく後退した——徒労どころか、ただただ貴重な時間を無駄にしてしまったようなものだ。

「徒労、と言うなら――『9010』がおこなったかもしれない、こんなトリックのほうが、徒労だと私は思うのですがね。どうしてここまでして、隠館さんに罪をなすりつけようとしたのか」

と。

今度は今日子探偵が、どちらの味方かわからないようなことを言った。

安堵（あんど）しかけていた隠館青年が、ぎょっとしたような顔で、「ど、どういうことですか？」と問いかける。

「いえ、記録を取らない忘却探偵と致しましては、仕掛けるにあたって防犯カメラを避けようという気持ちはわからなくはないにしても、別に身元を隠したかっただけなら、まさしくそのスキーウェアを着用して、堂々と爆弾を設置すればよかっただけであって――警備員をニセ電話で遠ざけていたのなら、爆破が阻止されることはなかったはずです。なのに、わざわざリスクを冒してまでこんな仕掛けかたをしたとするなら、その目的はバンの持ち主である隠館さんに、罪を着せようとしたとしか思えないんですが」

それが最初に言っていた、『わかりません』の意味か。

言われてみれば、確かにリスキーだ。

防犯カメラに撮影されることは避けられても、ちょっとしたトラブルで露見しかねない脆弱なトリックである——警備員は遠ざけていても、ふと、何かのトラブルで、あるいは特に理由もなく、どのクルマかのドライバーが戻ってくれば、クルマの下を這うように移動するスキーヤーは、不審者どころの話ではない。いや、気付いてくれたらまだいいほうで、最悪の場合、のたのたとクルマの下を這っている最中に、戻ってきたドライバーが気付かず出車しようとしたら、ぺしゃんこになる。

また、根本的に、バンの真下から、床をぶち抜いて爆弾を荷台に仕掛けるという工作も、口で言うほど簡単だとは思えない——その工作は破壊工作なのだ。なにせ小脇に極めてデリケートな爆弾を抱えている——些細なワンミスで、もろともに自分が吹き飛んでしまいかねない。それでも穴は開くかもしれないが、その穴は文字通りの墓穴である。

意味がないとまでは言わないにしても、そこまで危険を冒さずとも、なるほど今日子探偵の指摘通り、匿名性を高めた姿で、堂々と、派手にリアウインドウでもぶち破って、爆弾を設置すればいい。あんな動画を投稿しておきながら、まさか一秒だってカメラに映るのが嫌な照れ屋さんというわけではあるまい。

「『9010』は、隠館さんに恨みを持つ人物——ということですか？」

原木巡査が順当な予想を口にした。

実際、所有するクルマを木っ端微塵にされているわけだし、それはあるかもしれない——

が、疑問を呈した今日子探偵は、その案には賛同しかねるらしく、「あるいは」と、別案を提出しようとした――しかし、そこで上品に口元を押さえた。

「出過ぎた真似ですね。私の最速は、これでゴールインですので。隠館さん、代金をいただいてよろしいでしょうか？」

「あ――はい、えっと」

慌てて隠館青年は、ポケットから財布を取り出す――守秘義務絶対厳守である忘却探偵の性質上なのか、現金払いらしい。実質、隠館青年が置手紙探偵事務所に電話をかけてから一時間半も経っていないのだが、それにしては、手渡されていたのはかなりの依頼料だった。

彼を誤認逮捕しかけたのは他ならぬ優良警部なのだけれど、ちょっと心配になるくらいの額である――個人的に彼にはいくらか包んだほうがいいんじゃないだろうかとさえ考えた。

「あ、あの――今日子さん。ゴールインと仰いますが……、『學藝員９０１０』の正体に、興味はないんですか？」

支払いを終えた隠館青年が、おずおずとそんなことを訊いたが、「興味は尽きませんが、それは私の仕事ではありませんので」と、つれなく言った。

「私にはこのあと、隠館さんにお支払いいただいたお金を事務所の床に並べてにやにやするという仕事の総仕上げがあるんです」

「じょ、冗談キツいですよ」

引きつったような笑みを浮かべる隠館青年——冗談には聞こえなかったが、ともかく、彼女はこちらにも深々と頭を下げて、

「では、優良警部、原木巡査。爆弾魔の捜索を、引き続き頑張ってください。陰ながら応援していますー—と言っても車体の陰ではありませんよ？」

などと、軽口を交えつつも社交辞令めいた激励の言葉を述べて、取り調べ室から去って行こうとした。隠館青年は、「ま、待ってくださいよ、今日子さん」と、そのあとを追おうとする。

どうやら彼としては、あわよくば真犯人である、のみならず己に罪を着せようとした『學藝員９０１０』を突き止めるところまで、通常料金でやってもらおうとしていたらしいが、その目論見が外れ、どうしていいものか、当惑しているらしい——

（……待てよ？）

その『あわよくば』自体は、そう悪くないものなのでは？　隠館青年にいくらか包むよりも、むしろその依頼料に上乗せすれば——

（忘却探偵は警察からの依頼も受け付けているって話だったよな？）

最速の探偵。

予告されたタイムリミットまでの残り時間は、約七時間――迷っている暇はない。熟慮している余裕もなければ、なりふり構ってもいられない――振り出しに戻った捜査を前に進めるためには、サイコロの数を増やすのが手っ取り早い。

「今日子さん」

と、優良警部は、それでも最低限、気難しいベテラン刑事役を演じつつ、いかにもしかつめらしく、探偵の背中に質問した。

「参考までにお伺いしたいのですが、貴事務所の延長料金は、いかほどなのでしょうか？」

「おやおや、心外ですねえ。私がお金で動くような探偵に見えましたか？」

そう言って彼女は、満面の笑みと共に足を止めた――動くかどうかはともかく、少なくとも、お金で止まる探偵ではあるらしかった。

10

警察署の友人から、いったん帰りかけた忘却探偵が、事件の担当刑事によってぎりぎり引き留められたという情報を得たとき、『學藝員９０１０』は、ほっとすると言うよりもぞっとした。

二重三重にもクッションを挟んで、こちらの狙いが忘却探偵の招喚にあることがバレないように心がけたつもりだったのに、勘なのか、それともこちらに手抜かりでもあったのか、総白髪の彼女は、隠館厄介の潔白を証明したところで、すっと身を引こうとしたそうだ——なんともかとも。

あそこまで慎重に慎重を期し、まるで蛇みたいに、クルマの下を這い回るような真似までしたのに、それがすべて無駄に終わっていたかもしれないと思うと、本当にぞっとする——それ以上に、忘却探偵の鋭さにぞっとする。

隠館厄介に恨みを持つ者の犯行とでも誤認してくれればめっけものだったのだが、そんな浅いミスディレクションには引っかからなかったようだ。おそらく、本気で隠館厄介に濡れ衣を着せるつもりだったなら、もっと徹底的に偽装工作をしているはずだと考えたのだろう——まあ、そうしても別によかったのだが、しかしあまり徹底し過ぎると、本当に彼が逮捕されてしまう恐れがあったので、加減が難しかったというのが真相である。

ちょうどいいバランスを狙ったつもりだったけれど、残念ながら手ぬるかったか——実際、聞く限りにおいて、忘却探偵の動きが、考えていたよりもだいぶ速いのも事実である——挨拶代わりの、言うなれば彼女に看破してもらうためのチュートリアル的なトリックだったとは言え、軽んじていた感は否めない。その点については、まずは猛省と、今後、いくらかの微調整が必要になるだろう。

やはり予定通りにはいかないものだ。

引いた図面通りにはいかない——ここは押さねば。

とは言え、最終的には金の力に屈したというところがまた彼女らしくもある。しかし、なんにしても身の締まる思いだった——これから自分が、どういう探偵と対決するつもりでいるのかを、改めて自覚する。

相手を誤ったかとも思う。

いや、違う。誤ってなどいない。

挑むべき探偵は彼女しかいない。

ただ、いずれにしても、掟上今日子が担当刑事に連れられて、美術館にやってくるまでには、多少のタイムラグがあるはずだ——彼女への対処は、そのあとである。今は別の予定外に対処しなければならない。

別の予定外。

なんと、あれだけたっぷりと、爆破までの時間的余裕を設けたというのに、町村市現代美術館からの退避が、いまだ完了していないというのである。

入館者の避難は終わったが、一部職員が館内に居残り、頑なに、ストライキさながらに出て行こうとしないのだとか——展示作品を爆破から守るため、外に持ち出そうとする職員と、その展示作品にこそ爆弾が仕込まれている危険性から、それを許可しない警察の爆弾処理班との間で、小競り合いになっているとか。

なんて無駄な争いを。

いっそ滑稽でもあったが、しかし笑ってはいられない――このままではみんな死んでしまう。『學藝員９０１０』の用意した爆弾には、そのくらいの破壊力がある。

最小の火力で、最大の効果を。

それは本意ではなかった――目的にそぐわない。

ついでに言えば（あくまでついでに言えば）、『學藝員９０１０』としては、当局に背いてまで、あるいは爆弾魔に背いてまで、美術品を守ろうとする職員の気持ちが、まったく理解できないわけではないのだ――そうでなければ、たとえ戯（たわむ）れにも『學藝員』などとは名乗らない。

芸術を愛する心は同じだ。

心が愛する芸術が違うだけで。

さて、なんとかしなくては――爆破時刻を変更するつもりはない。と言うより、変更はできない。忘却探偵のキャッチフレーズではないが、『學藝員９０１０』にも、今日しかないのだ――今日のために準備を積み重ねてきた。

もう一度動画を投稿して呼びかけようか？

いや、あの予告動画が、たとえ一時的にでも脚光を浴びたのは、『デモンストレーション』としての、立体駐車場の爆破映像があったからだ——謎のスキーヤーが喋るだけの動画が、短時間のうちに捜査陣の目にとまるとは限らない。残念ながら衝撃映像なしに、ユーザー名『curator-9010』が、再生数第一位の座に再び返り咲くことはないだろう。競争社会は厳しい。

大体、あのスキーウェア一式は、もう処分した。今何月だと思ってるんだ。それに、動画の編集及び投稿は、はっきり言って苦手だ——制限時間内に可能だとは思えない。やれやれ、自分が設けた制限時間に、自分が追い詰められることになろうとは。

まるで空々空だ。

では、すっぱり切り替えて、ここは全員に呼びかけるのではなく、個人に向けて呼びかけるとしよう——アーティスティックなイデオロギーを主張する、一部職員のリーダー格に投降を呼びかけ、翻意させることができれば、おそらくあとはなし崩しだろう。

なぜなら、確認するまでもなく、抵抗勢力のリーダーは間違いなく、美術館の館長だろうから——あの館長だろうから。

名物館長が爆弾処理班相手に威勢良くやりあっているシーンを想像すると、大変な状況だというのに、『學藝員９０１０』は、ほくそ笑んでしまう——まったく、あれはあれで芸術だ。

生きた芸術だ。愛する気にはなれないが。

それでも、死んでもらっては困るのだ。

11

人生で一度くらいパトカーに乗ってみたい、という無邪気な夢とは、僕クラスの冤罪マスターとなれば無縁である。白と黒とのコントラストがまぶしいかの四輪車への乗車は、僕にとっては日常みたいなものだからだ——マイカーよりも乗車回数は多いだろう。なんだったら手錠というオプションつきで、体感的には一日一度は乗せていただくようなライドなのだ。

ただ、そんな僕でも、白バイとなると、これはまた話が別だった——それも白バイの後部座席となると尚更だし、まして、振り落とされないように必死でしがみつく相手が、白髪の忘却探偵となれば、これは素直に、二十五年の冤罪人生においても、初体験であると告白するしかない。

ヘルメットをかぶっているので白髪は見えないのだけれど、全身ぴっちりとしたライダースーツの今日子さんの、格好よさと言ったらそりゃあなかった——相対的に、小柄な今日子さんに命がけでしがみつく後部座席の巨漢の姿が、どれくらいみっともなく滑稽に見えているかは、あんまり考えたくない。

いやはや。

高速道路を最高速度でぶっ飛ばす、命知らずのこのドライブは（ちなみに『最高速度』と言うのは、道路標識の示す『最高速度』ではなく、白バイのスピードメーターの示す『最高速度』である）、今回の爆弾事件の現場指揮官である優良警部と、置手紙探偵事務所所長である掟上今日子さんとの、折衝の結果だった——ぶっちゃけ、優良警部が言うところの『延長料金』の折り合いが、うまくつかなかったのだ。

交渉が決裂した。

そこは商売なので、常連である僕も口を挟めなかったけれど、どうも今日子さんは、あまりこの事件に、関わりたくないと思っている風だった——明らかに普段の相場よりも高額を、優良警部に要求していた。

最終的に彼女は、

「では、町村市現代美術館までのアシとして、白バイを貸していただけるのであれば、お引き受けしましょう」

と、法外な（まさしく法外な）条件を出したのだ——断られるつもりで出した無茶振りだったと思われるが、優良警部がまさかの英断を下したのだった。

結果的には間違いで、僕にとってはやるせない冤罪だったとは言え、あんな推理小説めいた推理をしてみせたり、どうも優良警部は、無骨そうな見た目よりは柔軟な警察官であるらしい——今日子さんも指摘した通り、警察官よりも探偵寄りな姿勢の持ち主なのかもしれない。

「手を打ちましょう。交通違反の罰金を、依頼料として帳消しにするという形で」

タイムリミットのある中、交渉に時間をかける無駄を省いたとも言える——そして至る、現在のスピードレースというわけだ。

パトカーに乗りたいという欲求より、白バイに乗りたいという欲求のほうが、高度でマニアックとも言え、今日子さんの新たな一面を見せていただいたようななんとも言えない気持ちではあるが、しかし、なぜ僕が一緒なのか？　コアラのように、あるいはナマケモノのように、忘却探偵に抱きついているのか？

当然疑問に思うだろう。

僕だって仕事に戻りたい。自分の仕事に。前回、旅行代理店をクビになってから、ようやっと見つけた新しい就職先（宅配業務）も、このままではクビになってしまう——が、乗りかかった船と言うよりも、

「隠館さんも、よければ同行してくださいな。あなたの容疑は、まだ完全に晴れたわけではありませんので」

と、今日子さんから直々のお誘いを受けたのだから、致し方なかろう。

白バイに乗りたいとは思わないけれど、今日子さんとドライブを楽しみたいというくらいの気持ちは、僕にもあった——高速道路をむき出しの二輪で走るのだと想像力が働いていれば、きっと応じなかった。

まあ、僕にかけられたあらぬ容疑が、現時点ではまだ完全には晴れていないというのも事実ではあった——あの取り調べ室で、今日子さんはあくまで、『真実』ではなく、『他の可能性』を提示したに過ぎないのだ。

そういう意味では、僕からの依頼は、やはりまだ完遂されていない——もしも犯人が、僕を陥れようとしたのであれば、尚更である。

「本気で陥れようとしたのでは、ないと思いますねえ」

と、今日子さんは言った。

バイクのヘルメット内の、インカムを通しての会話である——びゅんびゅん風を切る音で、普通には会話はできない。いや、時速百キロを超えているジェットコースター状態の二輪走行中だから、インカムを通してでも、普通は会話はできないと思うのだが、今日子さんの口調はコーヒーブレイクの最中と変わらないものだった——ブラックコーヒーブレイクの最中と。

運転中にマルチタスク能力を発揮するのは、できればやめていただきたかったが、話題のテーマは興味深かった――『９０１０』は、僕を陥れようとしたのではない？

「本気で陥れようとしたのではない、です。容疑はかかれど、すぐにそれが解ける仕組みになっていました――たとえば、予告動画のスキーウェアが、汚れていた件。あれはわかりやすい誘導だったと思いませんか？」

確かに。

もしもコンクリートや車の下を這うことで黒々しく汚れてしまったのであれば、着替えればいいだけのことだ――完全犯罪のためならば惜しむような手間ではない。あからさまなヒントである。

「私は、防犯カメラの映像を見た段階でトリックにあたりをつけましたが、その後に予告動画のヒントを見せていただいたことで、逆に混乱しました――あからさまにしても、あからさま過ぎます。まるで、謎を解いて欲しがっているよう――ミスディレクションと言うよりも、撒き餌（まえ）のように」

撒き餌。

だとすれば、そんな前振りみたいな理由で爆破された僕のマイカーが哀れでならないが（もっとも、仕事で使っていたクルマなので、名義は僕にあっても、僕のクルマという実感は薄い）、じゃあ、『9010』の真意はどこにあったのだろう？

僕が標的じゃなかったと言うなら、いったい誰が標的だったのだ――今日子さんは『あるいは』と言っていたが、その疑問にも一定のアタリはついているのかな？

「そこなんですよね――確認しておきますが、初めましての隠館さんは、私の事務所の常連さんなんですよね？」

「は、はい。今日子さんは僕のことを、厄介さんと呼ぶこともあるくらいで」

「そうですか、隠館さん」

蛮勇をふるって踏み込んでみたが、あえなく空振りだった――元より、常連を常連扱いすることのない、すべてのお客さんが常に一見さんの置手紙探偵事務所である。だが、だとしたら今の再確認は何の意味があった？

「あくまでも仮定の話ですが、『9010』は、あえてタイムリミットを設け、あえて隠館さんをスケープゴートにすることで、この私――最速の探偵を登壇させようと目論んでいる可能性は、否定できませんね」

「………」

それは……どうだろう、自意識過剰と言うか、いくらなんでも考え過ぎという気もするが、しかし考え過ぎるのが今日子さんの仕事でもある。

網羅推理だ。

だからいったんは帰ろうとしたのだろうか？　仕事がまだ、完全に完了しているとは言えない状態で――

「どころか、優良警部に無理を言ってこの白バイをお借りしたのも、そのためですよ。もしも『９０１０』が、私の最速をあらかじめ想定しているのであれば、私はその上をいかなければ」

なるほど。

まあ、それを口実に白バイにただ乗ってみたかっただけなんじゃないかとも思うけれど、そこは大目に見よう――忘却探偵であり、個人情報があってないようなものの今日子さんは、当然、運転免許証を（大型二輪どころか原動機付き自転車のものも）持っていない危惧もあるが、そこも大目に見よう。

ちなみに、優良警部と原木巡査のコンビも、もちろんパトカーで町村市現代美術館に向かっている――出発は同時だったが、このままだと僕達のほうが、十分二十分、早く到着することだろう。

わずかな差ではあるかもしれないが、制限時間の迫る中での十分二十分はとても大きいし、まして最速にして忘却探偵にとっての十分二十分は、それだけで謎を十個二十個解けてしまいかねない猶予である。

十分、二十分に意表を突ける十分二十分だ。

ひょっとすると、仮に『９０１０』が、忘却探偵の登場を望んでいるというのなら、いつものルーチンから外れる必要があるという戦略の一環で、今日子さんは依頼人の僕を同行させているのかもしれなかった。

助手を必要としないタイプの名探偵であるところの今日子さんにとって、こんな二人乗りからして、既にイレギュラーなのだから。最速を超える最速で、僕を同伴させた上で、爆破予告がされている美術館に参上する——それでいくらかは、『９０１０』の目論見を崩せるかもしれないという算段か。まるで探偵と犯人との対決が、もう始まっているかのようだった——そう言えば予告動画の中で、『９０１０』は、警察のみならず、探偵に対しても、挑戦的なことを言っていた。

誰か私を止めてくれ——

「……案外、本気のＳＯＳかもしれませんがね」

「え？　どういう意味ですか？」

「推理小説においては、犯行予告状なんて、お話を盛り上げるためのキュートなギミックでしかありませんけれど、現実世界では、事情はもう少し切実ですからね。本当は犯罪なんてしたくないのに、せずにはいられない事情、または心情がある——もう自分では止まれないから、止められないから、誰か私を止めてくれ。心理学的にそういうことはあると思います」

良心の代行依頼と言ったところか。

なんだろう、これまで犯人から出される声明と言えば、単に捜査陣を翻弄するためだけに出される挑発だと思っていたが、そう言われてしまうと、確かに切実である——切実なＳＯＳだ。

死傷者が出ないように取りはからっていたり、僕を本気で陥れようとはしていなかったり、その辺り、もしかすると『９０１０』は、凶悪なばかりの犯人とは言えないのかもしれない。

生きた人間だ。

「まあ、とは言え良心の代行なんて、私は務めてさしあげるつもりはありませんがね——私は良心や倫理に基づく探偵ではありませんから。私は魅力的な謎さえ解ければそれでよいのです」

知的好奇心を冗談めかしたそんな台詞は、高額の依頼料代わりの白バイに乗っていないときに言って欲しい——職業探偵を地で行く今日子さんに、それくらい似合わない決め台詞もなかったが、しかし、それを言うなら、良心や倫理だって、やっぱり今日子さんには不似合いな単語なのかもしれなかった。

だから思う。

もしも『９０１０』が、あの手この手を駆使して、遠回りでありながらも直接的に、忘却探偵をこの事件に巻き込もうとしているのだとしたら、その目的はいったいどこにあるのだろう、と――求める役割が、単なる良心の代行ではないのだとしたら。

「さあ。ひょっとしたら、『９０１０』は、私のかつての恋人だったりするのかもしれませんね」

今度はあながち冗談でもなさそうに、今日子さんはそんなことを言った――時速百五十キロのスピードで。

12

町村市現代美術館。

思わぬ形で今回の事件に巻き込まれるまで、僕はそのミュージアムを寡聞にして知らなかったのだけれど（『現代美術』のちゃんとした定義さえ知らない）、しかし話によれば、知る人ぞ知る特徴的な美術館らしい。

どこから中に這入っていいのかわからないような奇抜な外観からして、既に異彩を放っていて、白バイから降りた僕と今日子さんが軽く迷子になってから発見した美術館の入り口の両脇には、まるで神社の狛犬のごとく、大きな犬の石像が展示されていた。

もっとも、その作り物である二匹の犬よりも僕の目を引いたのは、館内へ這入るための回転扉へと続く階段に、気怠げに腰掛けたサングラスの女性の両脇で『伏せ』をしている、生きた二匹のほうだった——ゴールデンレトリバーとドーベルマンだった。

「あら。可愛いわんちゃん」

今日子さんが弾んだ声を出した。

なんとなく猫派だと思っていたが、犬も好きらしい——派閥にわけること自体、考えてみれば現代的ではないが、ただし、今日子さんは『わんちゃん』を駆け寄ってなで回すようなことはしなかった。

ドーベルマンのほうはともかく、ゴールデンレトリバーのほうは、明らかに盲導犬だったからだ——仕事中なのだ。

ただ、サングラスの女性は、駆け寄りこそしなかったものの、立ち止まった僕達の気配に気付いたようで、

「優良警部」

と、顔をあげた——優良警部？　ん？

僕が怪訝に思っていると、ドーベルマンのほうが低く唸った——それを受けてサングラス

の女性は、

「おっと、違いましたね。失礼、匂いで判断してしまいました——どちら様で？　優良警部の同僚のかたですか？」

と、首を傾げつつ、ゆっくりと立ち上がる。

約二メートルある僕が言うのもなんだが、すらりと背の高い女性である——高いヒールを履いていることもあって、バイクに乗る際ぺたんこ靴に履きかえた今日子さんより、三十センチ定規一本分くらい高く見える。

僕と違って、猫背でもないし。

しゃきっとしている。しかも優雅に、しゃきっとだ。

「え、えっと、僕は……、つい先ほど優良警部に逮捕されかかったところで——だから匂いが混じっているのかと——」

いや。

しなくていい説明をしているな。こういうところだ、僕の。

「隠館厄介です」

シンプルに自己紹介をした。

僕に対して警戒心ばりばりで唸り続けるドーベルマンの正体も、なんとなくわかった——

この子もきっと、仕事中である。僕にとっては、パトカーの後部座席と同じくらいお馴染みの職業——警察犬だ。

と言うことは、この人は警察関係者——？

ダメージジーンズにブルーのシャツという、さっぱりしたファッションからは、公的機関の気配を感じないが。へどもどする僕を片手ですっと制して、今日子さんが、「優良警部に、及ばずながら捜査協力をさせていただいております、探偵の掟上今日子です」と、軽やかに名乗った。

「へえ。掟上今日子さん——忘却探偵ですね。お噂はかねがね」

驚いたことに、サングラスの女性は、優良警部達と違って、今日子さんのことを知っていた——事前に連絡を受けていたというわけでもなさそうなのに。『かねがね』という言葉も、まるで暗示的である。

今日子さんも、これには面食らったようで、

「噂になっては、忘却探偵とは言えませんね」

と目を細めて返した。

そんな僕達に、女性はにっこり微笑む——愛想がいいようでいて、どこか底知れない笑みだった。釈放された直後に、またぞろ確保されてしまうんじゃないかと、僕が勝手に怯えて

いるだけというのもあるだろうが。

「私は爆弾処理班の扉井あざな警部補です。こちらのわんちゃん達は、私のパートナーの、エクステとマニキュアです」

爆弾処理班。

そりゃ、いるか。つまり、ドーベルマン――マニキュア――のほうは、警察犬の中でも、火薬の探査に特化したタイプの、『犬のおまわりさん』というわけだ。いかにも仕事のできそうな感じは、犬ながら、クビになりまくっている僕より、よっぽど精悍である。……精悍と言い切るにはやや食生活が豊かっぽいが、それがまたタフなイメージだ。

だが、どうしてそんなエキスパートが、美術館の入り口で、あからさまに気怠げにぼんやりしていたのだろう？　警部補と言えば、この状況で、ドアマンを任されるような階級じゃないと思うのだが――見張り役を軽んじるつもりはないけれど、第一、白バイで駆けつけるにあたって、予告動画を見た野次馬で取り囲まれているであろう美術館に、どうやって近寄ればいいだろうと僕は懸念していたのだけれど、どうやらちょうど引き潮の時間帯だったようで、思ったほどの人数ではなかった。

予告動画公開当時である未明の頃は膨大な数の群衆だっただろうし、予告時間の午後八時が近くなれば、また満ち潮のように押し寄せてくるのかもしれないが、さすがに午後三時というこの中途半端な時間では、退屈な見世物なのかもしれない。

なのでますます、ドアマンに人数を割くような状況じゃない――そもそも、爆弾はこの時間になってもまだ発見されていないというのだから、爆弾処理班の警部補が中にいないというのは、たとえ扉井警部補が、自らドアマンを買って出るような殊勝な人物だったとしても、おかしな話なのである。

「それがですね、この美術館」

と、扉井警部補。

どこか呆れたような口調である。

「ペット同伴、お断りだそうでして」

13

ただでさえなっていない上にけしからん話だし、この緊急事態にいったい何を言っているんだと思わずにはいられなかった――いや、美術館側としても、展示品をできるだけ完璧に状態保全しなければならないという義務感があるだろうから、但し書きそのものを全否定するわけにはいかないけれど、それでも補助犬や警察犬をひとくくりにペット扱いするというのはいただけない。

しかも、扉井警部補が語ったところによると、二匹の犬と共に座り込みたくなる事情はそれだけではないらしい——どうやら館内の状況は、想定していた以上に込み入っているようだった。

展示品の状態保全。

爆破の予告時間までに、展示品を美術館の外へと持ち出そうとする職員側と、安全が確保されるまではたとえ貴重な展示品であろうと、たとえ管理責任のある職員であろうと、館内のものに手を触れないで欲しい爆弾処理班との間で、諍(いさか)いになっているそうだ。

何をやっているんだ。

犯人と関係ないところで揉めている。

確かに今日子さんは最速で到着したかもしれないけれど、まさか避難さえ完了していないとは思わなかった——バイクにまたがったときは、ひょっとすると、僕達が到着する頃には、『９０１０』の仕掛けた時限爆弾が発見されているんじゃないだろうかとか、虫のいいことも考えていたのだが、それどころか、事態は混迷を極めていた。

敵は『學藝員９０１０』だけではないというわけか——正体を突き止める以前に、爆弾探索さえままならないとは。

現在時刻は午後三時過ぎ。残り時間は五時間を切った。

最速の探偵にとっても余裕があるとは思えないタイムリミットだし、もっと言えば、この残り時間も、どこまで信用できるかわかったものじゃない。何せものが爆弾だ。たとえ『9010』にそのつもりがなくっても、接触ミスやら設計ミスやらのヒューマンエラー、予期しないほんのワントラブルで、今、この瞬間に爆発したって何の不思議もない。

「真相究明はともかく、爆弾探索は探偵の仕事ではありませんからね――プロフェッショナルに門番を任せているのは、勿体ないばかりです」

と、事情を把握した今日子さんは呆れたように言った。

「ようござんす。どうやら探偵入館禁止のルールはないようですし、私を中に入れていただければ、職員の皆さんを説得して、わんちゃん達も入館させてもらえるように取りつけますよ。働く犬には敬意を払うべきですから」

「そこまでしてもらっていいんですか？　では、これを」

変に遠慮せず、扉井警部補はジーンズの後ろポケットから、何かを取り出した――何かと思えば、警察手帳だった。

間違っても放り投げるようなものではないし、そもそも後ろポケットに入れるようなものでもないけれど、扉井警部補は、それを今日子さんに向けて、正確に放り投げた――声と匂いで、今日子さんの位置を特定しているようだ。

それができるなら、二匹を置いてひとりで館内に這入ることもできそうなものだけれど、それはしないというスタンスなのだろう——働く犬には敬意を。

パスを受け取る今日子さん。

「私の知っているデザインと違いますね。これ、もう手帳じゃなくないです？」

今日子さんはそんなとぼけたことを言った——警察手帳のデザインが『手帳』から刷新されたのは随分昔なので、これは忘却探偵の忘却ジョークだろう。受けなかったのか、それにはクールに取り合わず、扉井警部補は、「入場券代わりです」と言った。

「爆弾処理班のリーダーにそれを見せていただければ、館内の大抵のエリアにはオールパスですよ」

そりゃそうだろうが、だからと言ってほいほい貸し出していいものではなかろうに——白バイとはわけが違う、白バイだってわけは違うが。しかしその慣れた手つきからして、扉井警部補にとっては、この貸し出しはいつものことらしい。警察手帳を、己の身分証明書だと思っていない——己の証明書は己自身だと思っている。

「どうやら、なかなか型破りな警部補さんみたいですね」

「お互いさまでしょう」

今日子さんのコメントに、肩を竦める扉井警部補。

「それでは、担保にこちらを置いていきますね」

そう言って今日子さんは、手にしていたフルフェイスのヘルメットを、階段に置いた——担保と言うか、バイクを降りて単に持てあましていたものを、うまく置いていこうとしているだけにも見えたが、扉井警部補はいらないとは言わなかった。

「確かにお預かりしました」

と、手で触れて、渡されたものの形を撫で回すように確認し、そしてこう続ける。

「変わり者同士のよしみで、ひとつ忠告。確かに職員を説得していただければ、私の二匹のパートナーは入館を許可していただけるでしょうが、オールパスカードも、そこではまったく有効ではないと心得ていてください。なにせここの館長は張り切りガールですから」

張り切りガール？

なんだその表現。

理不尽な入館禁止を受けたことにおどけているのかと思ったけれど、しかしどうやら、真面目な忠告らしかった。

「ふむ。ありがたく受け取ります。ちなみに館長のお名前は？」

「美術館の名称を見ればおわかりでしょう。町村（まちむら）さんです。町村市群（しむれ）館長。ミレーになぞらえたわけではないでしょうが、ムレー館長と呼ばれることもあるようですね」

さらりと答える扉井警部補。

え？　地名じゃなかったの？　人名？

いや、まあ、確かにここは、町村市なんて住所じゃないし、だから昔の地名なのかなと、漠然と思っていたけれど——

「公立っぽい名称にして、箔（はく）をつけたかったのでしょうかね。まあ、ご本名由来の命名なのですから、法的には取り締まれません」

そう言って、扉井警部補はシャツの裾をまくって、ベルトにつけている手錠を示した——さすがに拳銃は持っていないようだが、他にあれこれ、爆弾処理のためと思われるツールが、ベルトからはぶら下がっていた。

中に這入れなければ、それも無用の長物だが。

「私はこの子達の件でちらっと問答しただけですが、ムレー館長は、本当、爆弾みたいなかたでしたから。取扱注意です。もちろん、本物の爆弾にもお気をつけください。見つけたら、くれぐれも手を触れませんよう——見つけられなくとも、ですが。どこにあるかわかりませんからね」

「了解です——それではのちほど、扉井警部補」

「はいはい。ご招待を心より期待していますよ、この子達と共に」

14

どの人が話題のムレー館長なのかは、一目でわかった——建物の規模から考えて、そんなに広くないはずなのに、まるで迷宮のように、あっちこっちに曲がりくねった廊下を通り抜けて、無意味とも思える階段を登ったり降りたりした果てに、ようやく辿り着いたホールで、なるほど、諍いを起こしているふたつの集団があったが、爆弾処理班の物々しい面々よりも更に異彩を放つ女性の姿があった。

ムレー館長。町村館長。町村市群。

「何度言ったらわかるのよ。この美術館に展示されている作品は、どれも現代美術の傑作なの——一作たりとも、失うわけにはいかないの。指一本でも触れたら、その時点で賠償請求をさせていただきますからね。どうしてもと言うのなら、まずは令状を取ってきてください！」

髪の毛をビビッドな紫色に染めた、そして全身を紫のコーディネートで揃えている、館内でも襟巻を巻いたままの彼女が、間違いなく町村館長であろう——甲高い声で、歴戦の爆弾処理班、それに先着の捜査陣相手に一歩も引くことなく、渡り合っている。

それも、ほぼひとりでだ——他の職員は、どうしていいのかわからないままに、たじたじで彼女の陰に隠れているようなものだった。もっとも、困惑しているのは警察チームも同様のようである……、爆弾捜査にあんなに非協力的な『被害者』というのも珍しいのだろう。みんないっぱいいっぱいなのか、ホールに這入ってきた僕と今日子さんに、気付きもしない。

「いえ、ですから今、令状は請求して……、しかし、もう時間がないんです――」

彼が爆弾処理班のリーダーなのだろうか、なんとか町村館長に交渉を試みるも、

「時間？　ここに集められた作品は、どれも永遠なんです！」

と、まるで噛み合わない。

噛み合わないと言うか、隙を見ては噛みついてくる。

「爆弾があるというのなら、私達が自分で探して見せます！　素人になんて任せられません、どうぞお引き取りください！」

……どうも、誤解していた。

僕はまだ事態を甘く見ていた――まだまだ事態を甘く見ていた。扉井警部補から話を聞いた段階では、なんとかして館内から全員を避難させようとする捜査陣と、それに抵抗する職員という構図だとばかり思っていたのだけれど、これじゃあまるで逆だ。

職員サイドが捜査陣を追い出そうとしている。

プロフェッショナルな爆弾処理班を、よりにもよって素人扱いとは――確かに現代美術に

関しては、彼らは素人なのかもしれないけれど、どうやら町村館長が敬意を払えないのは、働く動物が相手のときに限らないらしい。

張り切りガールか。ああ、確かに、張り切っている。

ただし、彼女の芸術作品に対する熱意が、僕など及びもつかないものであることは認めないとフェアではないだろう——身内のはずの職員までが引くほどに。

「ど、どうしましょうか、今日子さん」

「無視されてしまっているようですし、無許可で探偵活動を始めましょう」

「そういうわけには……」

「でしょうね。扉井警部補との約束もありますし。となると、隠館さん。それ、貸していただけます？　私のは質に入れてしまいましたので」

言って今日子さんが指さしたのは、僕が小脇に抱えていた、フルフェイスのヘルメットだった——警察手帳を借りる担保として（体よく）、今日子さんのものは表に置いてきていたが、僕は自分の分のヘルメットを、ずっと手に持ったままだった。厄介だけに荷厄介だったのだが、ここでどうしようと言うのだろう？　わからないままに手渡すと、今日子さんは白髪頭に、それをすっぽりとかぶった——バイクのない室内で、ライダースーツにフルフェイスヘルメットとは、それこそ、入館を断られてしまいかねない異様な格好だ……、などと思っていると、今日子さんはすいっと、壁際に立てかけられていたパンフレット棚から一枚、『ワークショップのお知らせ』のチラシを取った。

今日子さんが『大人のための折り紙　参加費・一万五千円』に興味があるとは思えなかったのでその振る舞いには戸惑ったが、そんな棒立ちの僕に構うことなく、彼女はそのチラシをてきぱきと折りたたんでいく——最終的に、三角形の、カブトみたいな『折り紙』が完成した。

違う、カブトではなく——あ、何をするつもりかわかった。

しかし僕が止めるよりも速く、今日子さんはその『折り紙』を天高く振り上げて、と、最速で振り下ろした——銃声のように。

「ぱあん！！！」

その『折り紙』——『紙鉄砲』を振り下ろした。

周囲の雑音など、まるで耳に入らないほどに白熱してやりあっていた両陣営も、これには振り向かざるをえない——どれだけ熱くなろうとも、今が非常事態であることまで意識から飛んでいるわけではないのだ。

そして振り向いた先には、フルフェイスのライダー——と、挙動不審の巨漢。

爆弾処理班も捜査陣も、美術館職員もムレー館長も、息を呑んで、さすがに一気に冷静になった――と見える。

血が引いたと言うか……、否、血が引いたのは僕も同じだ。

違う目が出ていたら、その場で（本物の鉄砲で）射殺されていてもおかしくなかった乱暴極まるインターホンだったが、今日子さんは全員が注視する中、そういうＣＭみたいに颯爽（さっそう）とヘルメットを脱いで、白髪をふぁさっと翻し、

「初めまして。探偵の掟上今日子です」

と名乗り、扉井警部補から貸与されている警察手帳を示した――ちぐはぐである。

15

残念ながら今日子さんの交渉術を以てしても、エクステとマニキュア、そして爆弾処理班の若きエース、扉井あざな警部補を、館内に招き入れることはできなかった――いち早く我に返ったらしいムレー館長との丁々発止にあたり、爆弾処理班の面々も口添えしてくれたのだが（扉井さんがエースだということは、そのときに聞いた）、町村館長は頑なだった。

事情はまったく理解できないでもなかった。

と言うのも、現在、町村市現代美術館がおこなっている期間限定の特別展示が、『動物の剝製』をテーマにしたそれであるらしいのだ――全国から集められた、そんな芸術の数々を

前に、犬がおとなしくしているとは思えないというのが、彼女の主張だった。

聞いてみなければわからないものだ。

まあ、そうでなくとも、現代美術にはデリケートな管理を要求する展示物も多いだろうから、なるべく動物（人間を含めて）を遠ざけたいと思う気持ちはあるのだろう――扉井警部補に対する言いかたに問題があったのは間違いないけれど、『なっていない』と決めつけたのは、それはそれで、美術館経営に対する僕の先入観でもあったかもしれない。

「わかりました。いったん引きましょう」

なので、今日子さんは警察手帳を借りておきながら、扉井警部補との約束を果たせなかったわけだが、しかし転んでもただでは起きないのが忘却探偵である――引くべきところは無駄に粘らずあっさり引くし、切り替えの早さだって最速である。ちゃっかりと、

「では、両陣営とも、そのままセッションを、もとい、そのまま折衝をお続けください。お邪魔しました――ああそうだ、展示されている作品に触れられるのがお嫌なのはよおく了解致しましたので、ならば、展示エリア以外は、好きに見ても構いませんよね？」

という、不思議なロジックの取引を成立させていた。

展示エリア以外というのは、言いかたをかえれば、『関係者以外立ち入り禁止』エリアのはずで、そのほうがよっぽど基準の高い要求であるはずなのに、町村館長は、

「まあ、それくらいなら許可してあげなくもありませんよ。特別にね」

と、溜め息混じりに腕組みをして、いかにも妥協しましたという風に言ったのだった――そして促された通り、警察チームとの折衝に戻った。

優良警部から依頼を受けているのだから、今日子さんだって非公式ながら捜査陣の一員のはずなのに、自分（と僕）を警察チームから外したあたりが、今日子さんのもっとも巧みなところだったのかもしれない――かくして僕達は、美術館において、芸術作品以外の順路を辿るという、稀有（けう）な体験をすることになったのだった。

クルマの真下ではないけれど、これも死角と言えば死角である――警察が現在、職員による美術品の持ち出しを渋っているように、美術館に爆弾が仕掛けられたと聞けば、誰だってまずは作品に仕込まれたと考える――少なくとも、展示エリアに仕込まれたと考える。

美術館の表舞台はそこだからだ。

だが、犯人は『學藝員９０１０』と名乗っている――学芸員的な視点を持ち込むなら、表舞台ならぬ舞台裏だって、美術館の本質に他ならない。

警察チームがどうにかしてあの館長を論破するまでに費やす時間を無駄にしないためには（論破できればの話だが）、その間に別働隊として、最低限許可されたエリアの探索を先に終えておくというのは、妥協案と言うより、職員サイドとしても、いい落としどころだったのだろう。

　ただ『勝った気分』にさせただけではないのである。

「実は犬好きみたいでしたよ、あの館長」

　いよいよ『関係者以外立ち入り禁止』の看板をくぐったところで、今日子さんはそう言った。

「待ち受け画面って言うんですか？　お話の最中に垣間見えましたけれど、メールが届いてらしたスマートフォンの画面、首輪のついたわんちゃんと、自分とのツーショットでしたから」

「はあ……」

　あの状況でよく見ている。人間観察は探偵の基本スキルとは言え、つい数時間前まで、タッチパネルのこともよくわかっていなかったのに、驚異の学習能力でもある。僕なんて、彼女の全身パープルの主張が強過ぎて、それ以外の情報がうまく頭に入って来ていない。待ち受け画面どころか、どんな顔をしていたかも、こうして離れてしまうとうまく思い出せない。

「確かに、あのコーディネートはいただけませんでしたね。服自体はいいものなんですから、私だったら紫を基調にするにしても、差し色も加えるでしょう」

　厳しかった。お金に厳しい探偵は、もうひとつ、ファッションにも厳しいのだ。

「彼女自身も芸術家なんでしょうか?」

「そうではなさそうですよ。あくまで、現代美術の展示を取り仕切るのが専門のようです——」

どうやらホールを離れるに当たって、例のパンフレット棚から『館内案内図』を抜け目なく抜き取ってきたようで、今日子さんは『館長からのご挨拶』のページを開き、僕に手渡してくる。

そこに掲載されている写真の自己主張も強く、プロフィールもいったい何を語っているのか、最終的にはよくわからない、長々とした抽象的なものだったけれど、確かに自身を指して『芸術家』とは、どこにも記していない。

あくまでも『キュレーター』としか書いていない——館長という身分だが、現場感覚の強い人なのかもしれない。現場から離れられないトップという言いかたもできようが……。

「ご自身の認識はともかく、私がお話しした限りでは、キュレーターと言うより、コレクター気質ですかね。だからこそ、そのすべてが爆弾で吹き飛ばされるなんて、耐えられないのでしょう」

「でも、ああやっていつまでも居座っていたって、状況は打開されないでしょう」

「それゆえに、私達のような遊撃部隊を出動させてくれたんじゃありませんか」

にしたって、扉井警部補が警察手帳を貸してくれていなければ、こううまくことは運ばなかっただろう。それだけに、彼女との約束をまったく果たせなかったのは、忸怩たる思いでもある。

「なあに。ムレー館長があと少しでも冷静になったところで、私のほうからもう一度丁重にお願いしますよ——先述の通り、爆弾処理は探偵の専門ではありませんから」

あまり期待できそうにない展望だったが、まあ、扉井警部補のみならず、爆弾処理班全体が機能不全に陥っている今現在、専門だとか専門外だとか、縄張り争いをしている場合でもない。

舞台裏とは言ったものの、そこはさすが美術館と言うべきなのか、廊下の壁やらのそこここには、しっかり絵画だったりタペストリーだったりが展示されていた——バックヤードだと思って気を抜いていると、うっかり作品を傷つけてしまい、町村館長の怒りに油を注ぎかねない。

まあ、爆弾探しの最中に気を抜くと言うことは、どう考えてもないにしても……。

「取り違えてはいけませんよ、隠館さん。爆弾探しも大切ですが、私達の第一の目的は、真犯人『９０１０』の特定なのですから—— こともあろうかあなたに罪を着せたにっくき犯人を突き止めることなのですから。縄張り争いは馬鹿馬鹿しいですけれど、まずは本分を全うしませんとね」

そうだった。

ことの発端はそこだ。僕にとっての。

立体駐車場爆破事件の濡れ衣を晴らすことが目的なのだ——僕のよくないところだけれど、雰囲気に呑まれて、この美術館を守ることが自分の使命みたいに思い始めてしまっていた。

違った。そうではない。

僕は極めて個人的な保身から、置手紙探偵事務所にヘルプを求めたに過ぎない——その本質は、パリに旅行しておきながらルーブル美術館に行かなかったくらいの、あるまじき芸術音痴である。

館内に入れてもらえないのは、誰よりも僕だったかもしれないくらいだ。

まして現代美術となると。

「現代美術ですか。私にとっては未来みたいなものですがね——私にとっての現代は、遥か昔ですから」

警察手帳のデザインについては忘却ジョークだとしても、その感覚は忘却探偵としての必然と言える——しつこいようだけれど、タッチパネルの進化に驚く『現代人』なんて、もういないものな。

持ち前の学習能力で、今日覚えた未来も、明日には忘れる。

時限爆弾が仕掛けられていなくとも、今日子さんにとっては、毎日がタイムリミット・サスペンスなのだ。

今日子さんには、今日しかない。

「……ひょっとして、『９０１０』の狙いは、美術館に展示されている美術品じゃなくって、あの館長だってことはないでしょうか？」

バイクでの走行中、インカムを通して議論した『犯人の目的』について、僕はふと、思いついたことを言った——あの館長のあの性格。あのエキセントリックさ。どんな恨みを買っていてもおかしくない、と考えるのも、偏見に基づく先入観だろうか——最初、美術館が狙われていると聞いたときは、作品の作者に対して恨みを持つ者の犯行なんじゃないかと思った。

だけど、こうして足を運んでみると、別段、単一作者の作品を集めた美術館というわけでもなさそうだし、ならば、コレクター気質の館長——いい意味でも悪い意味でも、あれだけ芸術を愛する館長に、精神的なダメージを与えるために、根こそぎ吹っ飛ばそうとしているのでは。

「ふむ。精神的なダメージどころか、美術館を爆破されてしまえば、館長としては経済的なダメージも莫大(ばくだい)でしょうね」

と、今日子さん。

まさか今日子さんが僕の意見を尊重してくれるとは。

「お預かりしているだけの作品も少なくないでしょうし」

「ですよね」

立体駐車場のようにいきなり、前触れもなく爆破するのではなく、あらかじめ予告して、わざわざタイムリミットを設けているのは、町村館長をなぶるため……？　いや、もっと言えば、『９０１０』は、あんな風に町村館長が居座ることを見越して、予告動画を投稿したのでは？

つまり、精神的なダメージや経済的なダメージどころか、致命的なダメージを与えようとしているのでは――

「それはどうでしょう、隠館さん。『９０１０』は、なるべく死傷者を出さないように、ことを運んでいるようです――町村館長に恨みを持つ犯人像というのは、それなりにしっくり来ますけれど、この事態を『９０１０』が期待していたとは思えません。だって、このままだと館長だけでなく、捜査陣だって職員だって、もろともに巻き添えになってしまいかねないじゃないですか」

確かに。僕達だって、展開次第では巻き添えになりかねない。

「と言うより、この混迷した事態は、『９０１０』にとっても計算外なんじゃないかという気がしますねえ」

「え？　計算外とは？」

「予告動画の中で、『９０１０』は、露骨に避難を促していましたから――タイムリミットを設けたのは、なぶるためと言うより、素直に猶予を設けたかったと見たほうがいいのではないでしょうか。爆破なんて犯罪を企図しながら、どうしてそこまで負傷者を出したくないのかは不明ですけれど――優良警部が仰っていたところの『美学』なのでしょうか――ひょっとすると、町村館長のあのユニークな振る舞いに、一番頭を抱えているのは、『９０１０』なのかもしれませんね」

　ふうむ。

　挑発とばかり思っていた台詞が、『切実なＳＯＳ』かもしれなかったり、犯人像というのも、なかなか一筋縄ではいかないものだ。だが、全知全能の名探偵というのが幻想に過ぎないように、すべてを計画通りに進行できる完全無欠の名犯人というのも、また幻想なのだろう――いいように翻弄される我々を見て、どこかで高笑いをしている怪人などいないのだ。

　むしろおのおのが独自の判断に基づき、ぜんぜん思い通りに動いてくれない捜査陣や美術館職員を見て、『９０１０』がやきもきしているのだと想像すると、この事態の滑稽さが増す——笑いごとにはならないが。

「ただし、隠館さんが仰った、『９０１０』の狙いが町村館長にあるんじゃないかという推理自体には、成立の余地があるでしょう。犯人の特定を任務とする探偵チームと致しましては、時間が許せば、あとでご本人にお話を伺ってみたいところですね」

時間が許せば、か。

許してくれそうにないな、と、僕がうんざりする気持ちを隠しきれずに首を左右に振ったとき、突如、まるで集中線でも引かれているかのように、僕の視界に飛び込んできたものがあった。

それは、チクタクと。

午後八時に向けて時を刻む置き時計だった——まるで絵画の隅に施される署名のごとく、ガラスの外されたその時計の文字盤には、絵の具で『９０１０』と書かれていた。

16

警察署の友人から連絡が途絶えたことを受けて、『學藝員９０１０』は、どうやら舞台は完全に、町村市現代美術館に移行したらしいと判断した——予定通りとは言いがたい展開ではあるが、今のところ、臨機応変に対応できていると自己診断する。

ただ、美術館職員の居座りが、まだ解決していないのは頭が痛かった――手は打ったつもりだが、まだ動きがない。

状況は膠着している。

忘却探偵が、うまく状況をかき回してくれるといいのだが――ただ、実際にあの掟上今日子が爆弾捜索に加わるとなると、そちらの心配ばかりもしていられない。案外あっさり、こちらの狙いを見抜いてくるかもしれないからだ――どうして美術館を爆破しようとしているのか、その動機を見抜かれてしまえば、それはそのまま、『學藝員９０１０』の正体に繋がってしまう。

それは望ましくない。

願わくば、芸術作品ではなく町村館長の命を狙っての犯行だと誤認して欲しいものだ――そのために、例の『置き時計』を、『あの部屋』に設置したのだから。

17

そこは館長室だった。

開かれた職場環境を意識しているのか、まるで海外のベンチャー企業のように、バックヤードのそれぞれの部屋には、扉がついていなかった――パーティションで区切られているだけで、廊下から室内を目視することができる。

だからお洒落な、紫色のプレートで『館長室』と示されたその部屋の内部も、僕はたまたま視認することができたというわけだ——見てはならないものを見たとしか言いようがないが。

置き時計。

『９０１０』の署名の入った置き時計。

しかも、その置き時計は背面から、作業デスクの上のノートパソコンに、カラフルなコードで接続されていた——あからさまなまでに、爆弾である。隠そうともしていない。もしも展示エリアでこれを見ていれば、きっと新進気鋭のアーティストの意欲作に違いないと判断しただろう——だが、ここはあの名物館長のオフィスである。感じる意欲は、まったく別の方向性だ。

ご本人ほど主張の強い部屋ではなかった。

プレートこそ紫色だが、むしろ機能的で事務的な作りだった——ひょっとすると、あのエキセントリックなファッションは、美術館館長としての、一種のポーズなのかもしれないと思った。

そんなことを思っている場合ではないのだが、現実逃避をせずにはいられない。

ぱっと周囲を窺うも、見通しのいいバックヤードに人影はない——全員、ホールに集合してしまっているのだ。くぅ……、死角どころか、館長室に爆弾を仕掛けるだなんて、どれだけ大胆なんだ、『９０１０』は。

今日子さんはああ言っていたけれど、やはり『９０１０』は、ムレー館長の命を狙っているんじゃないのか？　そうとしか思えない。急いで戻って、爆弾処理班の誰かを呼んでこないと——ああでも、その際には館長の許可を取らないと——もう許可なんて必要なシチュエーションじゃあ——無理をしてでも、同行してもらっていれば——爆発までの時間はまだあるはず——

いろんな考えがぐるぐると頭の中で渦巻き、結果、直立不動の姿勢のままでいる僕から、今日子さんが、今度はさっきとは違って事前の申請をせずに、どころか強引に、引ったくるようにフルフェイスのヘルメットを強奪した。

そして再び、ヘルメットをかぶる。最速で奪ったヘルメットを最速でかぶる。

なんてことだ、この突発的な危機的状況に対する瞬間的判断で、自分ひとりだけ助かろうとするなんて！　そんな人だと思っていましたよ！　しかし、そんな人ではなかったようで、今日子さんは、

「もしもし！　聞こえますか、扉井警部補！」

と、張り上げるような声で独り言を言った――いや、独り言じゃない。

扉井警部補に呼びかけている。

しかし、入館禁止を受けている扉井警部補に、こんな奥地から呼びかけたところで――あ

あ、違う、ヘルメットだ。ヘルメット内のインカムだ。今日子さんはオールパスの警察手帳

を借り受ける担保として、美術館の入り口に自分のヘルメットを置いてきていた――その際、

インカムをオンにしたままだったのか。

むろん、わざと。

何があったとしても、何がなかったとしても、爆弾処理のエキスパートといつでも連絡が

取れるラインを繋いでおくことは、いざというときに無駄にはならないという、今日子さん

一流のリスクヘッジか。

よもやここまでの『いざ』は、さすがに想定していなかっただろうが――果たして。

「聞こえます、どうぞ」

応答はあったようだ――ボリュームを調整したのか、扉井警部補の声が、ヘルメットの内

部から漏れ聞こえてくる。

まさか扉井警部補も、入館許可のお知らせをヘルメットをかぶって、今か今かと待機して

いたわけではないだろうが、対応が早い。あの若さでエースと呼ばれるだけのことはある

——今日子さんの速度に即応してくれるとは。

「何かありましたか？　今日子さん。どうぞ」

「爆弾がありました。どうぞ」

今日子さんは挨拶抜きで、端的に伝える。

端的過ぎる。

「バックヤードの館長室です。こちらは私と隠館さんのふたりで、爆弾処理班の皆さんがいるホールから、随分離れたところまで来てしまっています——どうするのが適切ですか？　どうぞ」

「普通なら、まずは落ち着いてくださいと言うところですが、あなたにはその工程は必要なさそうですね、探偵さん」

なごませるためだろうか、扉井警部補はそんなことを言って、

「現在時刻は午後三時五十分。予告動画通りならば、まだ爆発まで四時間以上の猶予があるはずですね。形状を教えてください、どうぞ」

と、続けた。

今日子さんは早口で、しかし正確に、そして詳細に、作業デスクの上の置き時計の形状を伝える——時計だけでなく、ノートパソコンの型番まで伝える丁寧さだ。

それを受けて扉井警部補は、

「時計はフェイクですね。パソコンに接続されているコードも、実際的にはどこにも繋がっていないお飾りでしょう——見た目を爆弾らしく見せるためのはったりとでも言いましょうか」

そうコメントを出した。

「なので、前言撤回です。こうなると、時計の数字は当てになりません。アラームの針が午後八時を指していても、爆破時刻は午後七時かもしれない。一分後かもしれない。一秒後かもしれない。どうぞ」

そんな淡々と前言を撤回されても。

入館禁止状態で、この場にいもしないのに、そこまで断言できるものなのかとエキスパートの才覚に驚いたが、そうか、今日子さんがエクステとマニキュアの代わりを務めることさえできれば、扉井警部補は、この場にいる必要などないのだ。

それが最速だ。

今日子さんはともかく、僕はいくらか落ち着いたほうがよさそうだった。

「隠館さんは、爆弾処理班の皆さんを呼んできてください——来た道を戻ることはできますか？」

「ま、まあ、来た道を戻ることくらいは――」

今日子さんに促され、僕はしどろもどろになりつつも、そう請け合う――あの対立構造の間に、もう一度割って入るとなるとそれなりの勇気が必要だが、そんなことを言ってはいられない。

「きょ、今日子さんはどうするんですか？　このままここで？」

見張るにしても、爆弾処理班が到着するまで、ある程度この部屋から距離を取ったほうがいいんじゃないかと思っての質問だったのだが、

「はい。このままここで」

と、今日子さんは腕まくりをした。

さすがにいつもの、余裕のある笑顔ではなかった。

「扉井警部補の指示に従い、少しでも早く爆弾処理を進めておきますので――少しでも速く」

18

来た道を戻ることくらいはできると断言した僕だったが、しかし、道に迷ってしまった――本物の馬鹿か。

言い訳になってしまうけれど、バックヤードまで迷路みたいになっているのだ。どころか、

パンフレットを見ても、描かれている見取り図はあくまで展示エリアに限られていたので、『関係者以外立ち入り禁止』エリアから、なかなか脱出することができなかったし、ようやく脱出できたと思ったら、這入ったのと違う場所から出てしまった。

異次元にでも迷い込んだのか、僕は。

それでもなんとか入り口ホールに到着した僕に、最初に浴びせられた言葉は、町村館長の、

「廊下を走らないでください！」

だった——二十歳を過ぎてから言われる注意事項ではなかった。

あなたの部屋に爆弾が仕掛けられていましたよと報告するとき、胸がすく思いがまったくしなかったと言うと嘘になる。てこでも動くまいとしていた職員達は、もたらされたその情報に呆然（ぼうぜん）としてしまって、対照的にこれまで彼ら彼女らに手を焼いていた捜査陣は、瞬時にプロフェッショナルの顔つきになり、移動を開始した——もういちいち町村館長の許可を取ろうとはしなかった。

もっとも、その町村館長だけは、美術館職員の中で、唯一、己を保ち、処理班に同行した——彼女が道案内をしてくれなければ、一同は最短ルートで館長室に辿り着くことはできなかったに違いない。

意地というのもあるだろうが、それ以上に、館長としての責任感で、逃げ出しも、投げ出

しもしなかったと見える——僕だったらうろたえてしまって、呆然となった職員達以上に、何もできなかった。

そして、僕なりの最速で再訪した館長室。

今日子さんは、脱力したように床にへたりこんでいた——その後ろ姿に、一気に不安にかられる。失敗してしまったのか。やはり、腕まくりなどせず、おとなしくプロの到着を待つよう、説得するべきだったか——だが、あの切羽詰まった状況じゃあ、扉井警部補だってそう判断するしか——でも、そんな今日子さんの前には、ばらばらに分解されたノートパソコンが、規則正しく並べられているだけだった。

部屋にあるあり合わせの道具だけで、デジタル機器をあそこまで徹底的に分解したとは——単に扉井警部補の適切な指示があったからというだけでは説明のつかない鮮やかな解体作業だった。

まあ、爆弾処理はともかく、『バラバラ』は名探偵の領分とも言える——あそこまで作業が進めば、あとはプロが——

「あら、隠館さん。思ったより速かったですね」

床に座ったまま、こちらを振り向いた今日子さんだったけれど、そんなことを言われても、この状況では皮肉にしか聞こえなかった。

「お、お待たせでした、じゃなくて、お疲れ様でした、今日子さん——あとはこの人達に任せて——」

「大丈夫です。爆弾じゃありませんでしたから」

と。

ヘルメットをかぶったままで、今日子さんはあっけなく言った。

「時計だけでなく、パソコンのほうもフェイクでした。どこをどうひっくり返しても、爆弾は仕掛けられていませんでした」

「……え？」

僕の早とちりだったのか？　幽霊の正体見たり枯れ尾花——怯える僕が、ただの時計とノートパソコンを、爆弾と見間違えただけ？

いやいや、違う。

置き時計には『９０１０』の署名が入っていたじゃないか——あれが爆弾魔の仕掛けだったことは確かである。だからだろう、爆弾ではなかったという情報を受けても、処理班の隊員や、部屋の主である町村館長の表情は、一向に明るくならない。

むしろ、こうなると、この『置き時計』がフェイクだったとして、美術館は犯人の侵入を許してしまっているし、その上で『本物の時限爆弾』は、まだ見つかっていないという歴然たる現実が差し迫ってくる。

むしろその現実の現実味が増した。

現在時刻は午後四時半。

残り時間は最大でも三時間半――

「町村館長」

僕を含む全員がただただ青ざめる中、今日子さんが、そう呼びかけた。

「偽物でこそありましたが、この解体作業をおこなったのは、私ではなく、現在この美術館の門番を務めている、扉井警部補です――遠隔操作のロボットを演じた身としては、本物の爆弾探査には、扉井警部補のスキルが不可欠だと思います。かけがえのない展示品を保全したいという館長の思いは重々承知しておりますが、だからこそ扉井警部補と、警部補のかけがえのない二匹のパートナーを、入館させてあげてはいただけませんか？　芸術を守るためにも」

インカム内蔵の、フルフェイスのヘルメットをかぶったままなので、今日子さんのこの申し出は、その扉井警部補にも届いていることだろう――こんなタイミングで扉井警部補との約束を果たそうとする忘却探偵からの、ここしかないというタイミングでの鮮やかな上申を、町村館長は受け入れるしかなかった。

19

警察署の友人からの、てっきりもうないとばかり思っていた連絡があったとき、すわ、取り返しのつかないトラブルでも発生したかと身構えた『學藝員９０１０』だったが、そうではなかった——捜査陣の向こうを張る形で立てこもっていた町村市群館長と一部職員達が、町村市現代美術館から警察署へと、保護及び事情聴取の名目で、身柄を移されることになったという報告だった。

よかった。

決して計画通りではなかったけれど、館長室に設置した『置き時計』が、功を奏したらしい——あのタフな名物館長も、さすがに自室に爆弾を仕掛けられたとあっては、しゅんとならざるを得なかったわけだ。

おっと、爆弾じゃない。爆弾らしきもの、だ。

職員による居座り、及び避難の拒否は、『學藝員９０１０』にとって、まるっきり想定外の事態だったから、その場にあった材料ではりぼてのような工作をするしかなく、かなり雑で、はっきり言えばまるで満足のいく出来ではない『作品』を展示することになったが、結果オーライとしよう。

手間をかけて招いた忘却探偵が八面六臂の大活躍をしてくれたことも、ここは素直に嬉しかった――どうやら白バイで美術館にやってきたことや、既に役割を終えたはずの隠館厄介を伴ってきたことなど、予想の斜め上を行く忘却探偵の動向には、決して気を緩めるわけにはいかないけれど、今のところ順調と言っていいだろう。

もうひとつ。

警察署の友人からの報告によると、職員達と入れ替わるような形で、町村市現代美術館に、捜査主任である優良警部と、彼の率いるチームが、いよいよ到着するとのことだった――現場担当指揮官なのだから、いつかいらっしゃることはわかっていたことだけれど、美術館の職員に対する事情聴取を、特に町村館長に対する事情聴取を、優良警部が担当しないというのは、『學藝員９０１０』にとって都合が良過ぎてびっくりした。

ちょうど入れ違いになるタイミングになったことが『學藝員９０１０』にとって幸運だったわけだ――優秀な警部がじかに向き合って取り調べれば、『學藝員９０１０』の目的が町村館長の命などには『ない』ことが、ばれてしまうかもしれなかったからだ。

むろん、いつかはわかってしまうことだろうけれど、その『いつか』が、午後八時以降であれば、そんなに素晴らしいことはない。的外れな方向に捜査が進んでくれればくれるほど、『學藝員９０１０』は目的達成に近付く――だからもたらされたふたつのニュースは、朝報以外の何物でもなかった。

もっとも、警察署の友人には申し訳ないが、この報告はわざわざしてくれなくてもよかったとも言える——町村館長ご一行の退場も、優良警部ご一行の到着も、どうせすぐに判明することだったのだから。

今現在、町村市現代美術館の館内に潜む『學藝員９０１０』にしてみれば——早いか遅いかの違いである。

まあ、早いに越したことはないか。

速ければ誰にも追いつかれない。

館長室に即席の『置き時計』を設置してから、『學藝員９０１０』は、そのまま美術館を離れなかった——なぜなら『學藝員９０１０』にとって、ここからがいよいよ本番だったから。

20

捜査中の事故で視力を失ったと言うと、多くの人は、じゃあ視界が真っ暗になったんですねと誤解する――扉井警部補は、面倒なので『はい、そうです』と頷いてしまうけれど、実際にはそんなシンプルなものではない。

視力喪失にも段階があるし、種類がある。

ひとくくりにはできない。

扉井警部補の場合、確かに爆弾処理の最中に、今から思えば信じられないようなドジを踏んで、光を永遠に喪失したけれど、しかし『光』は見えなくなっても、『影』を見ることはできる。

それは文字通りの影でもあり、あるいは陰でもあり、要は光のない部分が、サングラス越しに浮き立って見えるというわけだ――くっきりと。この世の闇だけを見ることができるなんて言うと、まるで中学生がふざけているようで不謹慎だが、しかし皮肉にも、そんな視界を持つことで、彼女の爆弾処理のスキルは飛躍的にアップした――なにせ、『人目につかない場所』ばかりが見えるようになったのだ。

爆弾魔が爆弾を隠そうとする場所が、感覚的にではなく、視覚的にわかるようになった――かくして、爆弾処理班の若きエース、扉井あざなは誕生した。

両犬あざな。

今日子さんのお陰で、ようやく仕事をさせてもらえることになり、盲導犬・ゴールデンレトリバーのエクステを左に、警察犬・ドーベルマンのマニキュアに先導される形で、扉井警部補はまず、館内の展示エリアを軽く一周した――警察署に移動する町村館長から、謝罪の言葉があったのは意外だったが、その際も館長は、くれぐれも展示品を犬が傷つけないよう気をつけてと、念を押すことを忘れなかった。

パートナーを、つまり自分の『目』を侮辱されたような気持ちにもなったが、爆弾魔が自室に侵入した直後の発言ということで、勘弁し、謝罪を受け入れてあげることにした――館長がエクステとマニキュアを、なで回したい衝動と戦っていることもしっかり受け取れたので。

それよりも腹が立ったのは、これは館長の責任とは言えないにしても、美術館のバリアフリーがまったくなっていないことだった。ここに来るまでに、館内の見取り図はバックヤードまで含めて頭に入れていたけれど、図面ではわからなかった凸凹（でこぼこ）や設置物が、いちいち邪魔っけである。

床が斜めになっていたり、無意味に壁が曲がりくねっていたり、普通に歩きにくい――エクステも戸惑っているようだった。扉井警部補個人のそれだけでなく、デモ隊が撤収し、ようやく開始された爆弾処理班の捜索活動の、はかどらなさと言ったらなかった――勝手が違い過ぎて、普段の手順通りに進められない。

とりあえずのおおざっぱな探索を終えて、爆弾を発見できなかったことが、見落としがあったゆえなのか、それとも最初から爆弾なんて設置されていなかったのかの、判断がつきにくい。

爆弾処理班のリーダーと打ち合わせをして、やはりまだ安全宣言を出すことはできないので、もう一度、それぞれ今度は別のコースを探索してみようという運びになった。

了解。

それじゃあ今度は、喫茶コーナー辺りを回ってみようかしらと気持ちを新たにしたところで、背後から自分に近付いてくる気配を察した――匂いと足音で、大体のことはわかる。つい一時間ほど前、玄関口で黄昏(たそが)れているときにすれ違った人物だった――すれ違った探偵だった。

「何かご用ですか？　今日子さん」

「あら」

声をかける前に声をかけられたことに、驚いたような素振りの彼女だった――しかしすぐに、「いえ、先ほどのお礼がまだだったものですから」と言った。

お礼？　ああ、警察手帳貸与の件かな？

「それもですが、爆弾解体の手順を教えていただきまして」

言いながら今日子さんは、扉井警部補の正面に回ったようだった——最速の探偵だというが、その実体は、『じっとしていられない探偵』なのかもしれない。爆弾処理班が本格始動してからも、あちこち慌ただしく動き回っていたようだし（なので、挨拶のタイミングを逃していた）。

影の形が見える。忘却探偵のシルエットが。

ずいぶん小柄で可愛らしい探偵さんらしい——扉井警部補は背の高さがコンプレックスなので、羨ましいと思った。

扉井警部補は肩を竦め、

「どのみち、偽物だったわけですから」

と、今日子さんに応じた。

「むしろ、感謝しているのはこっちですよ。お陰で、いい仕事をさせていただいています

——門番も楽しかったですけれどね」

「その門番の件で、少しばかりお話が」

「？」

門番の件で？

今日子さんはにっこり微笑んだ——それは影のない笑みだった。

だから扉井警部補には、真意が窺えない。

「お忙しいところ恐縮ですが、お茶でもご一緒できません？　内密に、ご相談したいことがあるんです」

「…………」

守秘義務絶対厳守の忘却探偵が『内密』を強調したことには、不穏な予感しか感じなかった。

21

美術館に併設されている喫茶店『ラテ・アート』は、どうやら居座りを決め込んでいた町村館長一派とは派閥が違ったようで、予告動画が公開されるや否や、いち早く臨時休業を決めていた——なので、店員さんはひとりもいなかったのだけれど、そこは今日子さんがウエイトレス代わりを務め、ありがたくも僕達に甲斐甲斐しく給仕してくれた。

恐れ多くもあるけれど、たぶん今日子さんはこの喫茶店の、アーティスティックな制服を着たかっただけだと思われる——ちなみにここで言う『僕達』とは、僕と、先ほどパトカーで到着した優良警部、同じく原木巡査、そして今日子さんが連れてきた扉井警部補である。

おっと、エクステとマニキュアも忘れてはいけない——盲導犬と警察犬は、おとなしくテーブルの下で、『伏せ』の姿勢を取っている。

館長が二匹に入館許可を出したのは、展示エリアであって、喫茶エリアはまた話は別かもしれなかったけれど、まあ、うるさいことは言うまい。今日子さんはキッチンを（勝手に）使い、コーヒーや紅茶だけでなく、あり合わせの軽食まで出してくれた——いきなり警察署に連れて行かれて以来、思えば何も食べていなかったので、小腹が空いていた僕としては、出来合いのサンドイッチでもありがたかった。

冷蔵庫から取り出しただけでは、さすがに今日子さんの手料理とは言えないにしても。

「それで？　今日子さん、内密なご相談と言うのは？」

と、扉井警部補。

爆弾処理班のエースとして、優雅なティータイムでくつろいでいる場合じゃないのだろう——元より彼女は、これまでずっと、意に沿わずくつろがされていたようなものだった。仕事をしたくてうずうずしているに違いない。

「優良警部と原木巡査が同席されているというのも、妙な取り合わせですが」

それは言える。

僕も、自分を誤認逮捕しかけた相手と、その日のうちに同席するというのは、変な気分になる——そうでなくとも、爆弾がどこに仕掛けられているとも知れない建物の中でティータイムなんて、変な気分どころの話じゃない。

美術館に到着するなり、いきなりお茶に誘われた優良警部と原木巡査にしたって、怪訝そうな顔をしている——ただ、お茶会の主催者である今日子さんに言わせれば、これは、これしかないという取り合わせらしい。

「ここだけの話でお願いしますよ」

と、切り出す今日子さん。

「館長を始め、職員の皆さんにはお引き取りいただき、今現在、この町村市美術館には、私と隠館さんを除けば、警察関係者しかおられないわけですが——」

どうも『９０１０』は、その中にいるみたいなんですよねえ。

と、探偵は言った。

22

爆弾魔が警察関係者の中にいると言われ、優良警部は反射的に反発を覚えた——危うく、いい加減なことを言う探偵を叱りつけそうになったけれど、どうやら根拠なく、当てずっぽうを言っているわけではなさそうだった。

「館長室に設置されていた例のニセ爆弾なんですが、町村館長や職員のかたがたが退館なさる際に軽くお話をうかがったところ、時計もノートパソコンも、館内の備品だったらしいんですよ——そして前にデスクを見たときには、あんなもの、デスクの上には載っていなかったそうなんです」

「……前にデスクを見たときというのは？」

扉井警部補が訊く。

彼女の専門は爆弾処理であって、刑事捜査ではないのだが、それでも聡いところのある警察官だ——今日子探偵の言わんとすることに、もうおおよそ、察しがついているのかもしれない。

「ホールで捜査陣と、本格的に対立する直前だそうです——予告動画を受けて、展示品を館外に持ち出すための手順を、デスクでまとめていたそうですので、確かです」

「………………」

「おわかりですよね？　優良警部。つまり、『９０１０』が館長のデスクにニセ爆弾を設置したのは、それ以降ということになるんです——それ以降に、その辺りにあるそれらしきものを材料に、あんな芸術作品を作ったということになるんです」

芸術作品、とは言えまい。

優良警部は直に見たわけではないが——しかし、署名が入っていたんだったか？

あるいはそれも、『それらしさ』を出すための演出だったのだろう——その署名がなければ、ノートパソコンに接続されたただの変わった置き時計と、隠館青年は見過ごしていたかもしれない（彼が発見したそうだ。発見したのがニセ爆弾というのが、なんとも冤罪体質らしいエピソードである）。

まあ、ニセ爆弾が設置された時間をそんな風に絞り込めるのはわかった——現在、署に移動中の館長や職員に、先んじて事情聴取をしていたあたり、目ざとい忘却探偵の本領発揮とも言える。

聞き上手でもあるのだろう。

その絞り込みはひょっとすると、『９０１０』にとっては誤算なのかもしれない——だが、それだけで、どうして『９０１０』が、警察関係者だと言えるのだ？　時はともかく、どうして人を絞り込める？

「ある時間帯から、私が」

と。

そこで、やはりとっくに察していたらしい扉井警部補が言った——あるいは事前に、この場に連れて来られるにあたって、今日子探偵からほのめかされていたのかもしれない。

「私が玄関口で、門番を務めていたからですね」

「はい」

我が意を得たりと頷く探偵。

「つまりそのとき、美術館は大きな密室と化していました――念のために調べましたが、玄関口以外の裏口や非常口、あるいは窓やらは、几帳面(きちょうめん)な館長が仕切っているだけのことはありまして、きちんと施錠されていました。内側からは出られても、外側から侵入することはできません」

爆弾処理班が活動を始めてからも、この探偵が館内をあちこちはしっこく動いていると思っていたのは、それか――施錠を確認していたのか。

密室。

おあつらえ向きの用語を使ってきたものだ。

「確かに、私は――私とエクステとマニキュアは、あの出入り口を、警察関係者以外は通していませんね。今日子さんと隠館さんは別として」

「私達も警察関係者みたいなものです」

飄々(ひょうひょう)とそんなことを言う今日子探偵。

まあ、警察手帳を貸与されていたというから（なんてことを）、それも嘘ではあるまい

――訊いてみれば、扉井警部補はどうやら、ふたりから優良警部の匂いをかぎ取ったから、

中へと通したということらしい。

どちらにしても、今日子探偵と隠館青年は、お互いにお互いの潔白を証明できる――依頼人と探偵は利害関係にあるとは言え、このふたりには即席(ニセ)爆弾を作る時間がなかったのも確かだ。

手の届く範囲にある材料で、即席ででっちあげた(ニセ)爆弾であることを思えば、立体駐車場の自動車(本物)爆弾の推理のときに考えたように、『事前に』用意することもできないわけで――となると、どうなる? (ニセ)爆弾を館長室に設置したのは、そのとき、館内にいた人間に限られるということになる――即ち、捜査員及び爆弾処理班。

警察関係者。

「いや、待ってくださいよ――美術館の職員だって、それは可能なんじゃないですか? 極論、他ならぬ館長自身の狂言って線も――」

優良警部以上に状況についていけなかったのだろう、ここまでずっと黙っていた原木巡査が、ついに口を挟んできた――若き情熱に燃える新人としては、年齢なりに酸いも甘いも嚙みわけてきた優良警部よりも強く、犯人が警察関係者などという結論は受け入れがたいのだろう。

そしてその若き理屈は通っている。

むしろ犯行現場がバックヤードだったことを思えば、勝手知ったる職員のほうが、容疑は濃いのでは——？

「それがそうでもないんですよ。先ほど、優良警部も言及されていましたが——ニセ爆弾には、『９０１０』と、署名がされていました」

今日子探偵は、血気盛んな若者を取りなす。

「あれもまた、その辺の絵の具を使って書かれた署名でしたが——どうしてあんな署名がしてあったのかと言えば、優良警部の推理通り、署名がなければ、爆弾だと思ってもらえない公算が高かったからでしょう」

推理などと言われると面映ゆい。数時間前に指摘された通り、証拠のない推理は刑事の仕事じゃない。

「しかし、それならば署名は『學藝員９０１０』であるべきだと思いませんか？　予告動画で、ご自身がそう名乗っていたのですから」

「……？　フルネームであるべきだって言うんですか？　それは単に、呼称を省略しただけじゃあ……、イニシャルでのサインみたいなものでしょう。実際、僕達だってこうして犯人を、『９０１０』って呼んでるわけで——」

原木巡査からの反論に、

「『學藝員９０１０』を『９０１０』と呼んでいるのは、警察関係者だけです」

と、穏やかに今日子探偵は答えた。

そうだ。そうだった。

犯人が名乗った通りに呼ぶのは癪だったし、それに通常の美術館職員である学芸員と取り違えそうでややこしいということで、捜査主任である優良警部が決めた呼びかた——今日子探偵や隠館青年がそう呼んでいるのは、優良警部や原木巡査が言うのがうつっただけである。

言葉は伝染する。

だが——張本人の『９０１０』には、いつ、どこで伝染したというのだ？

「そもそも、『學藝員９０１０』という名乗りは、動画を投稿するにあたって、既に使用されている名前とのかぶりを避けるためのユーザー名であって、つけ足された数字のほうには意味はないはずですよね——本質は『學藝員』のほうにあって、『９０１０』はサブです。もしも署名を略すなら、『９０１０』ではなく『學藝員』とだけ記しそうなものです——それなのに、犯人は『９０１０』と記した。どうして犯人は、警察内部でしか流通していない符丁を使用したのか——」

「——まさしく警察内部の人間だから、と言いたいんですか」

優良警部は力なくそう言って、間を持たせるためだけに、紅茶を手にする——理屈は通っている。机上の空論めいているし、片付けようと思えば『たまたま』の一言で強引に片付けられそうでもあるが――『9010』という呼び名を自発的に決めた当事者としては、見過ごせない事態だ。

少なくとも、少しでもいいから、何でもいいからとっかかりの欲しいこのシチュエーションにおいては――

「それだけで『9010』が警察関係者だと決めつけるのは、少々乱暴だとしても――警察内部に犯人の協力者がいるかもしれないという可能性は、一考に値しますね」

と、扉井警部補が、現実と折り合いをつけた解釈を示した。

「だから秘密会議は、このメンバーなのですか？」

「ええ。どうあれ、『9010』の候補から外せるメンバーです。互いの潔白を証言し合える私と隠館さん、ニセ爆弾が設置された当時、まだこの美術館に到着していなかった優良警部と原木巡査、そして二匹のパートナーと共に、館内立ち入り禁止の措置が取られていた扉井警部補ですね」

今日子探偵は、まるで推理小説の解決編みたいな定型句を言った――ただし、その定型句は、解決編にはほど遠い改変がなされていた。

「犯人は、この中にはいません」

23

あらぬ疑いをかけられてばかりの僕にしてみれば、今日子さんのその断言は心強いだけではなく、心から嬉しいものではあったけれど、しかし爆弾魔、『學藝員９０１０』の正体が多少絞り込めたみたいな気分になったところで、事態が進展したとはとても言えそうもなかった。

むしろ悪化の一途を辿っていると言っていい。この時間のないときに。

「警察関係者の中でも、犯人が爆弾処理班に属しているとしたら、最悪です。爆弾のプロフェッショナルが、爆弾を悪用しようとしているんですから」

沈痛な面持ちで、扉井警部補はそう言った──確かにそれは、『探偵＝犯人』の推理小説にも似た状況を思わせる。更に一方で、仲間を──背中どころか命を預ける仲間を信じたい気持ちはあるだろうから、彼女の心中は複雑に違いない。

その条件は、指揮官の優良警部や、新人警察官の原木巡査にしても同じだろう──僕や今日子さんは、その意味では、気楽な部外者である。気楽な部外者は、捜査陣に強烈な疑心暗鬼を植え付けたところで、

「では、お茶会はお開きということで。それぞれの捜査に戻りましょう。健闘を祈ります」

と、にこやかに解散宣言を出した。

生じた疑義に対して決定的な対策があるわけではなく、また爆弾捜索という優先任務もあるので、『それとなく同僚の様子を探る』という方針だけを決め、警察官達はそれぞれの持ち場に戻る——三人を見送ってから、僕と今日子さんは、展示エリアへと向かった。美術館に来ておきながら、バックヤードをうろちょろしたり、戸締まりを確認したりで、肝心要(かんじんかなめ)の作品展示を、まだ見ていなかった僕達なのである。

いや、厳密に言うと、僕が今日子さんに同行している理由は、立体駐車場爆破の容疑をかけられた依頼人として、まだ濡れ衣が完全には晴れていなかったからなので、こうして疑いが完全に払拭された今、今度こそ、今度の今度こそ、もう帰ってもいいはずなのだけれど、しかし、ここまで深入りしておいて、『じゃあ僕はこれで！』では、濡れ衣は晴れても人間性を疑われる。

なので何かお役に立てることはないだろうかと、特にアイディアもないまま今日子さんの背中を追う僕だった——やっていることはつきまとい犯と変わらない。ただ、当の今日子さんと言えば、普通に美術館の展示を楽しんでいる風でさえあった。

常設展示から特別展示まで、順路に従って、にこにこと鑑賞している。

ウエイトレスの制服ももう脱いで、今はビビッドな紫色のファッションで、全身を統一している——そう、町村館長のクローゼットから借りてきた服だ。勝手に。いや、統一していると言っても、館長と違ってあちこちに差し色を入れて、同じ紫でもグラデーションをつけることによってさほど声高に主張することなく着こなしているのはさすがだが、こうして無法っぷりを観察してみると、この人のやっていることも、『９０１０』とそんなに変わらない——その場にあるものだけで、こうも早着替えを繰り返すのは大したものだが。

同じ服を二度着ているところを見たことがないどころじゃなくなってきている。

「その昔、私服を一着も持っていなかった頃の自分を埋め合わせているんですよ。忘れていますけれど」

「はあ——」

「と言うのは冗談で、町村館長の視点で、展示品を評価してみようと思いましてね」

？　どういう意味だろう。

捜査陣と違って、そして僕と違って、今日子さんは、『９０１０』の狙いは町村館長の命にはないと見ているはずだったのだが——その町村館長は、職員と共に避難したのだから、ある意味、犯人の手の届かないところに脱したとも言えるが？

「そうやって、町村館長を館内から追い出すことこそが、『９０１０』の目的だったとしたらいかがですか？　そのために、あのニセ爆弾を館長室に設置したのだとしたら」

「…………」

言われてみれば、あのニセ爆弾を設置する意味は、それくらいしかないよな……、脅しとしてなら、立体駐車場のデモンストレーションで十分なわけだし。結果、『９０１０』が捜査陣の中にいるかもしれないという疑義まで生じさせておきながら、まるで無意味なニセ爆弾ということもあるまい……。

「でも、わかりませんね。立体駐車場でもそうでしたけれど、美学だろうとなんだろうと、そこまで死傷者を出さないことにこだわるのであれば、そもそも爆弾なんて仕掛けなければいいのに」

どれほど気をつけたって、事故は起こりうるわけで……。

「『９０１０』の狙いは、死傷者を出さないことではなく、人払いをおこなうことだったんじゃないでしょうか？」

「人払いを？　何のために、ですか？」

「ええ。閉館時間に爆破すると予告すれば、普通は総員避難するでしょう――町村館長のような例外を除いて。そうすると、美術館の中は空っぽになる」

「だから――空っぽの美術館を爆破してどうするんだってことでしょう？」

「爆破の前に、することはあるかもしれませんよ？」

今日子さんは言った——新進気鋭のアーティストが描いた、高層マンションなのか海なのか、よくわからない絵画を鑑賞しながら。もしもそれが絵画ならだが、ともかく何かを鑑賞しながら。

「たとえば、盗難とか」

24

爆弾を設置したと脅して、誰もいなくなった無人の美術館から展示品を盗む——『學藝員9010』を、爆弾魔ではなく大泥棒として想定するその仮説には、一定以上の説得力があった。

町村館長や展示品の作者に恨みを持つ爆弾魔が、卑劣にも館内に爆弾を仕掛けたとするよりも、ずっとわかりやすい——デモンストレーションとして立体駐車場を爆破したことにも納得できる。いや、納得はできないが、それなりの理屈はつく。

どこに爆弾が仕掛けられているかわからないシチュエーションでは、職員は展示品を搬出することができなかったわけだし——そのせいで人払いに失敗したとも言えるわけだが——

ふうむ。

「だからこうして、町村館長のお洋服を貸していただいたわけですよ。彼女になりきって、怪盗が狙うならばどの展示品だろうかと、イメージしようと愚考いたしまして」

それは愚考ではなく、着替えるための口実でしかなさそうだったが（服自体はいいものみたいなことを言っていた）、どうやら現代美術の鑑賞を楽しんでいるだけではないことは本当のようだった。

芸術を評定しているのか。盗難の対象とされうる作品を探して。

まあ、芸術の、芸術としての評価はともかく、価格評価については、今日子さんの得意分野とも言える。むしろ本領発揮だ。『９０１０』が、この美術館でもっとも高価な作品を盗もうとしているとは限らないが――それに、盗もうとしている作品がひとつとは限らないし――しかし。

「――じゃあ、爆破はやっぱり、脅しだってことですか？　人払いだけが目的なら、実際に時限爆弾を仕掛ける必要なんてないですもんね」

狙いが盗難であろうと、悪辣なことに違いはないけれど、しかしこのとき、僕は声が弾んでしまうのを隠せなかった――やはり、今自分がいる建物に爆弾が仕掛けられていると思うと、心穏やかではいられないのだ。

と、勝手に肩の荷が下りたような気分になった僕だったが、

「『９０１０』が、美術品の盗難という真の目的を隠したがっているのであれば、爆破は予

告通りおこなわれるでしょうね——証拠隠滅のためにも」

と、今日子さんは僕をまったく安心させてくれなかった。

証拠隠滅。

そうか、車体に穴を開けたバンを爆破するのと同じで、爆破してしまえば、どの展示品がなくなったかなんてわからなくなるものな——だが、その隠蔽工作は芸術を愛する怪盗のそれとは、評価してあげられそうもない。

欲しいものだけ盗んで、あとは木っ端微塵に破壊しようなんて——いや、まだ真相がそうだと決まったわけではない。館長を恨んでの犯行だという線も、やはり合理的な疑いとして残っている。

ただし、もしもその仮説が真相だとすると、『9010』が捜査陣の中にいるという疑義も、これまで以上の信憑性を帯びてくる。時限爆弾を仕掛けておきながら、犯人が現場に残る意味なんてないように思えるが、爆弾を探す振りをしながら、仲間に隠れてこっそり、展示品を盗むつもりなら——

「じゃあ、職員が展示品を持ち出そうとするのをとりわけ強硬に阻止しようとした人物が怪しい、とか……？」

「考えられますね。ただ……」

と、今日子さんは慎重に言葉を区切る。

「展示品を盗み出すとすると、あまり大きな作品は物理的に不可能です。共犯者がいるとしても、人間が運べるサイズ——でも、こうして見る限り、悪事を働いてまで欲しいと思うような作品はありませんねえ。決して安いとは言えませんが、一般的に手の届く範囲で、購入できそうな作品ばかりです」

今日子さんの鑑定眼は確かだろう。

むろん、悪事の規模によるだろうが、しかし、一生刑務所から出てこられないような（立体駐車場の爆破で死傷者が出ていれば、大袈裟でなく極刑まであっただろう）罪を犯してまで欲しい作品となると、現代美術ではなかなか希少なのも事実だろう。歴史的芸術品が高価なのは、基本的に作者が死んでいるからだ。天才は死後に評価される。ここに展示されている大体の作品の作者はご存命である。

「そうですねえ。まあ、『９０１０』の個人的嗜好もあるでしょうし、とりあえず、期間限定の特別展示まで全部見て——あ」

と、そこで今日子さんが、突然、順路を歩む足を止めた。

「わかったかもしれません」

「え？　わかったって——」

『９０１０』の狙う作品がどれなのか、だろうか――それとも一足飛びに、『９０１０』の正体がだろうか。

「いえいえ。そうではなく、わかったのは『９０１０』の仕掛けた爆弾が、この美術館のどこに設置されているか――です。どの展示品が狙われているのかを考えていたら、爆弾の場所がわかってしまいました」

私にはこの事件の真相が最初からわかっていましたがね――と、あっけらかんと言われたその言葉に、僕は言葉を失ったが、しかしそれはどこなんですかと、助手の役割として訊くよりも早く、

「今日子さん。隠館さん」

と、潜めた声が横入りしてきた――扉井警部補（と、エクステとマニキュア）だった。

「お話の最中に失礼します。今、少しだけよろしいでしょうか――内密にお話ししたいことがあるのですが」

「はあ」

謎解きを始めようというタイミングでの割り込みに、今日子さんは首を傾げる。内密は自分の領分だと思っているのかもしれない――それに、秘密会議はさっき解散したばかりではないかと思っているのかもしれない。

だが、どうやら解散後、自分の陣地に戻ってから、ほとんどすぐに今日子さんを追って戻ってきたとおぼしき扉井警部補は、僕や今日子さんの反応にはまったく構わずに言った——声を潜めたまま。

「すみません。爆弾がどこに設置されているのか探していたら、『９０１０』の正体がわかってしまいました」

爆弾処理班のエキスパートが犯人の正体を特定し、名探偵が時限爆弾の位置を特定するという、およそなんとも言えない逆転現象が起こったのは、午後五時のことだった——残された時間は、あと三時間。

25

警察署の友人からの情報に頼り過ぎたことを、『學藝員９０１０』は恥じていた——依存の代償として、自分が他ならぬ捜査陣の中にまぎれ込んでいることが露見してしまっただけでなく、このままでは友人が、『學藝員９０１０』の共犯者として扱われる可能性も出てきてしまった。

それは避けたい。友人は何も知らないのだ。

いや、知っているが、まさか雑談している相手が、話題の『學藝員９０１０』であるとは知らない──夢にも思っていないだろう。

恥じる一方で、腹が立ってもいた。

館長室に『置き時計』をセットしたことで、容疑者の範囲がある程度狭まることは覚悟していたが、あれ自体はやむを得ない措置だったし、『學藝員9010』としては、疑いはむしろ、職員のほうに向くと思っていた──そのために、室内の備品を使って、ニセ爆弾を製作したのだから。

なのに、まさか『9010』の署名が仇になろうとは──納得がいかないのは、『學藝員9010』は、別に警察署の友人が使った用語に引っ張られて、署名を『9010』と省略したわけではなかったからだ。

単に、絵筆では『學藝員9010』の『學藝』を、下書きなしの一発で書ける自信がなかっただけだ──新字ならともかく、旧字では、鉛筆でだって書けるとは思えない。

ワープロ世代の悲しさか。

そもそも『キュレーター』を名乗ったのも、疑いが職員に向かいやすくなればいいと思ってのことだったのに（まさか『警察官110』とは名乗れない！）、それなのに、警察内部の符丁を使ったから、犯人は警察内部の人間だなんて、こじつけもいいところである──だが、正しくない推論からだって、導き出した解答が正しければ、すべて肯定される。

なんてことだ。どうしてこんなに都合の悪いことが起こり続けるのだ——犯罪がこんなに難しかったとは。やってみないとわからないものだ。早急に手を打たねばならない。現時点であそこまで推理が進んでいるのであれば、忘却探偵が『９０１０』の正体に到達するのも、もう時間の問題である。

そして時間の問題に限り、忘却探偵の右に出る者はいない——どころか、ひょっとするともう、辿り着いてしまっているかもしれない。

幸い、忘却探偵が喫茶店で開催したお茶会、もとい、秘密会議の内容を、『學藝員９０１０』はいち早く把握できる立場にあった。裏切り者を探ろうという動きに対し、いくらかの情報操作は可能だ——しかし、それだって時間稼ぎに過ぎないし、ならば根本的に、忘却探偵の推理に対処しなければならない。

どうするか。決まっている。

忘れてもらうしかないだろう。

ことの真相も、最速の推理も、爆弾のことも、『學藝員９０１０』の正体も——予定を早めて、綺麗さっぱり、白紙に戻してもらうしかない。予定を早めるのが遅過ぎたくらいだ——なのに『學藝員９０１０』が、対忘却探偵企画をいつまでも発動できずにいたのは、とっくに役割を終えているはずの歩く冤罪・隠館厄介が、ずっと彼女に張り付いているからだ。

なぜ帰らない。

いるんだ、ああいう空気の読めない奴が。そんな風だから毎日のようにあらぬ疑いをかけられ続けるんだ——しかし、彼をこの事件に巻き込んだのが自分であることを思うと、文句ばかり言ってはいられない。

仕方あるまい。するべきことをしよう。

26

「時限爆弾は収蔵庫にあります」

「『9010』は原木巡査です」

名探偵と警部補が、それぞれに、それぞれの思う真相を『せーの』で言い合った——収蔵庫とは、言うまでもなく美術館の収蔵作品を保管するエリアであり、原木巡査とは、言うまでもなく優良警部の若いパートナーで、僕を誤認逮捕しかけた警察署の一員である——だが、え？

収蔵庫なんて、これまで一度も話題にでてきていないのに、どうして突然、降ってわいたようなインスピレーションが？　原木巡査は、秘密会議のメンバーで、僕と同様に容疑者の圏外にいる登場人物のはずなのに、どうして突然、どんでん返しの意外な犯人に？

ひとつでもたくさんな困惑が、同時にふたつとは。

「……移動しながら話しましょうか。今日子さんが仰った通りの場所に爆弾があるのだとすれば、素早い対処が必要ですし」

と、扉井警部補は、その場では深く訊かずに、ただエクステを促した——収蔵庫という答は意外であろうと、一応、そのエリアにどう向かえばよいかは知っているらしかった。

「はい。一応、見取り図はすべて頭に入れています。でも、死角ですよね——思いもしませんでした。だって、そこは関係者以外立ち入り禁止どころか、関係者だって立ち入り禁止のエリアですから——鍵のかかった金庫みたいなものです」

「それを言うなら、原木巡査が犯人というのも死角ですよ。どうしてそんな結論に達したのか、是非お教え願いたいところです」

なんだか、それぞれの得意分野を取り替えっこしたような、ちぐはぐな会話をかわしつつ、二階へと向かう——どうやら収蔵庫というのは、二階にあるらしい。

なんとも誇らしいことに僕だけは、『わけがわからない！　この人達はいったい何を言っているんだ⁉』という己の得意分野をまったく見失わず、自身の持ち味を活かす形で、すごすごと猫背でその後ろをついていく。

しかし、そうか。

《最強》シリーズ最新作
人類最強の
sweetheart
Illustration
take
西尾維新
NISIOISIN
2020年5月刊行決定！
講談社NOVELS

西尾維新による、
魔法×冒険×推理小説！
魔法は少女を、大人に変える
文庫『新本格魔法少女りすか』
2020年4月15日発売
本体660円（税別）
2巻　2020年8月　3巻　2020年12月　講談社文庫より続々刊行！
illustration/西村キヌ　※本チラシのイラストは講談社ノベルス版のものです。

直前まで話していただけあって、今日子さんの思考は、かろうじて辿れた。

仮に『９０１０』が、展示品のいずれかを盗もうと企んでいたとして、果たしてターゲットはどの展示品なのかを考えたとき、必ずしも美術館が所蔵している作品が、展示品だけではないことに気付いたのだろう。

展示エリアのスペースには限りがあるし、期間限定の展示作もある——パリに行っておきながら、僕が不勉強にも立ち寄らなかったルーブル美術館だって、作品を出したりしまったりが、かなり頻繁らしい。

言い換えれば収蔵庫は、より完璧に作品を保管するための場所で、扉井警部補が表現した通り、関係者だって、簡単には這入れない金庫だ。ドアが見当たらなかったオープンな舞台裏、開けたバックヤードとはわけが違う——だからこそ、爆弾の隠し場所に似つかわしいと、今日子さんは推理したのだろう。

「なるほど、確かに、収蔵庫は捜索範囲外でした。犯人が何者であろうと、立ち入れるはずのない場所なのですから——ただ、それは先入観だったかもしれません。『９０１０』は、何らかの方法で、金庫の扉を開けたのかも」

「……犯人が警察官なら、美術館の職員を言いくるめて、こっそりと鍵を借りたり、秘密裏に暗証番号を聞き出すこともできるんじゃないですか？」

何らかの方法。

僕は思いついたことを言っただけだったが、「それはあるかもしれませんね」と、今日子さんが同意してくれた。

「とは言え、犯人が原木巡査だという結論には、私は今のところ、同意しかねますが……、扉井警部補。どのような推理で、そんな結論に至ったのですか？」

「かく言う私も最初は信じられませんでした。今日子さんに、『９０１０』が警察関係者だと指摘されたことで、蒙が啓けたんです――それこそ、警察官が犯人であるはずがないという絶対の先入観から脱することができました。あとで詳しく説明させていただきますが、昔同僚から聞いた噂を思い出して、あのあと、一本電話をかけたんです――その結果、ある事実が判明しました」

先へ先へとよどみなく進みつつ、扉井警部補は言う。

完全に探偵のお株を奪う『解決編』だ。

「原木巡査と町村館長の関係です。名字こそ違いますが、彼らは実の姉弟なんですよ」

「え――」

そんな偶然があるのか？　いや、偶然じゃないのか？　もしも今日子さんの言っていることも扉井警部補の言っていることも、どちらも正しいのだとすれば、『９０１０』は、収蔵庫の開かずの扉を開けるにあたって、警察手帳を使うまでもない——ただ『姉』に教えてもらえばいい。

共犯関係？　それとも立場を利用しただけ？

警察官という立場と、実弟という立場を？

ニセ爆弾騒ぎについて町村館長の狂言を疑うようなことを言っていたが——

「もちろん、彼が館長の弟で、その事実を隠していたから犯人だと決めつけているわけではありませんよ。たとえそうであろうと、今日子さんの絞り込みによれば、原木巡査は犯人候補から除外できるはずなんですから——」

そうだ。その通りだ。館長室にニセ爆弾が設置されたとき、原木巡査は優良警部補と共に、パトカーに乗っていたはずなのだ。

「——でも、それもあるトリックを使用すれば解決します」

「出遅れてしまった探偵としては、一秒でも早くおうかがいしたいところですが」

と、今日子さんが、熱っぽく語る扉井警部補を、しかしいったん宥めるように言った——なぜなら。

「その前に到着してしまいましたね。ここが収蔵庫ですか——ふむ」

そこにあったのは、巨大なシャッターだった。巨大な作品が収蔵されることもあるだろうから、当然か——当然と言うなら、ちゃんと施錠されている。乱暴にこじ開けられているということもない。爆弾魔や、あるいは怪盗が、侵入したという形跡は皆無だ——頑丈そうだし、印象としては、シャッターを通り越して、と言うより一枚の壁である。

施錠方式は暗証番号だった。

謎解きをいったん中断した扉井警部補は、無線を使って、どこかに連絡を取る——たぶん、警察署に連絡して、そろそろ到着したであろう美術館の職員から暗証番号を教えてもらうよう、指示をしているのだろう。

むろん、町村館長ではない誰かに教えてもらうように——原木巡査の姉以外に。

そして扉井警部補が、通信先からの回答を手早く入力すると、死角の扉は、あっさりと開いた。

「私の後ろから、絶対に離れないでくださいね」

と、僕と今日子さんに言ってから、爆弾処理のエキスパートは、その中に這入る。

一階の展示エリアとは違って、ここに保存されている作品は、ただ一覧に並べられているという印象だった。さながら目録で、鑑賞という感じではない——そもそも状態管理のためだろう、低温で肌寒く、居心地がいいとは言いにくい。

もちろん、だから爆弾で暖まりたいなんて思わないが。

「爆弾らしきものを発見したら、たとえ偽物っぽく見えても、すぐに私に教えてください。対処しますので」

「頼もしいですねえ」

緊迫した空気を出す扉井警部補に対し、今日子さんは、三歩下がってプロに任せるつもりらしかった——まあ、偽物だろうと本物だろうと、爆弾処理なんて、一日に一度やれば十分だろう。

「……どうして扉井警部補は、爆弾処理を専門としているんですか？」

周囲に注意を払いつつ、しかし無言になるのも気詰まりだったので、僕は前をゆく彼女に、そんなことを訊いた。

「？　視力を失うような事故に遭ったのに、どうして爆弾処理班に居続けているのかという意味の質問ですか？　それはですね——」

きっと何度も受けている質問なのだろう、即答してくれかけた扉井警部補だったけれど、僕が訊いたのはそういう意味ではなかった。じゃなくて、僕が訊きたかったのは、先ほどまでの弁を聞く限り、どうやら探偵的な資質もありそうなのに、そもそもなんで、爆弾に詳しくなったのか——だ。

「うーん。それは父の影響ですかね」

「父の影響？　お父さんが爆弾処理班の警察官だったんですか？」

「いえ、建築業です。今はもう引退して、悠々自適の隠居生活ですが。ほら、建物の解体作業で発破を使用しますから——そんな仕事ぶりを見ていた娘が、発破の解体作業を仕事にしているのですから、ファザコンと呼ばれても仕方ありませんね。父もさぞかし嘆いているに違いありません」

「いえいえ、自慢の娘でしょう」

今日子さんがそう言ったのを受けて、「ちなみに今日子さんは、どうして探偵を？」と、社交辞令としてだろうか、それとも本当に興味があるのだろうか、扉井警部補はそう訊き返した。

厳密に訊き返すなら、訊かれる相手は僕でなければならないのだが、たぶん僕は、今回、仕事で使っていたバンを爆破された件で、現在勤めている宅配会社を遠からずクビになるので、質問されなかったことにほっとした——いわばもらい事故みたいな形で質問を受けた今日子さんは、

「私が探偵をしているのではなく、探偵をしているから私なのですよ」

と、はぐらかすように答えたのだった。

扉井警部補がそれをどう受け取ったのかはわからないが、まあ、いつも通りと言えばいつ

も通りの答である。

そう思いつつ、僕は左右に立ち並ぶ保管棚へと目をやる。その圧迫感に押しつぶされそうになりながら。盲導犬のエクステに誘導される扉井警部補に、火薬探査犬のマニキュア、そして今日子さんがチェックしたあとで、僕なんかが発見できるものがあるとはとても思えないが――ん？

あれはなんだ？

27

ただの時計だった、ニセ爆弾でさえないし、芸術作品でもない、機能的な掛け時計だった――いかんいかん、神経過敏になっている。

しかし胸をなで下ろしてはいられない。その掛け時計は午後五時半を指していて、残り時間がいよいよ二時間半を切ったことを教えてくれたからだ――百五十分と、そろそろ分で表現してもいいようなタイムリミットになってきた。

そう思って、僕に構わず先に行ってしまった今日子さん達を小走りで追って、保管棚に沿うような曲がり道の、角を折れる――しかし、折れたところで、僕は再び歩みを止めることになった。

今日子さんが倒れていた。


「きょ、きょう――！」

「大声を出さないでください、隠館さん。気を失っているだけですよ」

取り乱す僕に、逆に驚くほど冷静な声をかけたのは、床に倒れるそんな今日子さんを助け起こそうともせずに、僕に向き合うように立つ、大きめのサングラスの女性だった。

扉井警部補だった。

「え――ええ？　気を失ってるだけって――」

「油絵の具の溶解液を使いました。ある種の有機溶剤ですね。ニセ爆弾を作ったときと同じ、あり合わせの道具立てですが、即席の睡眠薬としては、まあまあ効果的でしょう」

「す、睡眠や――」

「動かないで。私には見えませんが、この子達が見ていますよ」

言って扉井警部補は、エクステとマニキュアを示した――刃物で脅されているわけでも、拳銃で脅されているわけでもない。

だけど、僕の身はすっかり竦んでしまった。

犬——動物。

凶器として悪用されれば、その野生には刃物や拳銃以上の威圧感があり、二匹を入館禁止にした町村館長の気持ちに、不覚にも共感できてしまった——でも、どうして？　どうしてこんな、文字通り牙をむくようなことを——扉井警部補が、今日子さんに対して？

あり合わせの道具だろうとなんだろうと、忘却探偵を眠らせるというのが、どういうことかわかっているのか？

強制リセット。

いわばコンセントを引っこ抜くようなもので、ここまで組み上げた彼女の最速の推理を、振り出しに戻すということなんだぞ？　そんなことをして扉井警部補に何の得が——これじゃあまるで——まるで。

「そうです。私が『９０１０』です。おっと、『學藝員９０１０』と言わなければ、正体がバレてしまうんでしたっけ？」

軽口を叩くようなことを言いつつ、扉井警部補はまったく笑っていなかった。

そんな馬鹿な——原木巡査じゃなかったのか？　しかしこんな疑問符こそ、この上なく馬鹿馬鹿しかった。あんなの、口から出任せに決まってるじゃないか——原木巡査は『９０１０』どころか、町村館長ときょうだいでさえないだろう。あんなのは、今日子さんを人気の無い場所に連れ出すための口実でしかない。

「ええ。今日子さんが自ら、収蔵庫に行こうと言い出してくれたことは、にわかには信じられないくらいの好都合でした。まあ、私の企画を台無しにしかねない不都合なことが起こりまくっていましたから、一個くらいは幸運に恵まれないと理不尽ですよね」

事態の進行は『９０１０』にとって決して計画通りではない……、それはどうやら今日子さんの読み通りだったようだが、しかしその計画外が、今日子さんの身に災いとなって降りかかってしまったのか。

油絵の具の溶解液って……、睡眠薬代わりとか言っていたけれど、そんなものを肺に入れて本当に大丈夫なのか？　衝動的に今日子さんのところに駆け寄りたくなる僕だったが、扉井警部補がマニキュアのリードを離したのを見て、すんでのところで思いとどまる。

マニキュアに指令を出す気か？　アタック！　と？　どちらでもなかった。

扉井警部補は自分の腰に手をやって、ベルトに引っかけていた手錠を抜き取った——そして昼間、今日子さんに警察手帳を投げたときと同じように、僕へその手錠を無造作にパスした。

「立ち竦まれているそこに柱がありますよね？　ご自身を後ろ手に拘束してください。言っておきますが、振りで誤魔化（ごまか）さないでくださいね——私はマニキュアに、人殺しをさせたくありません」

「…………」

従うしかなかった。

僕の命を脅かされているだけなら、ここで唯々諾々と従うことなく、あえて無謀な戦いを挑む選択もあったかもしれない……、だが、リードから放たれたマニキュアが、今、今日子さんの喉の辺りをくんくん嗅いでいる姿を見れば、言いなりになるしかない。

無力感でいっぱいだった。

そうか。

美術館が大きな密室だったなんて言っても、その密室の鍵は、玄関口で門番の役割をしていた扉井警部補ひとりなのだ――僕と今日子さん以外、誰も中には這入っていないという彼女の証言で、密室は成り立っている。

ロジック自体は間違っていない。

だけど、このシステムじゃあ、門番自身の出入りは自由じゃないか――ホールで言い争っている捜査陣と職員達の傍らを過ぎて、館長室にちょいとお邪魔することなんて、それこそ、『オールパス』である。

ペット同伴での入館禁止？　そんなルール、律儀に守る必要がどこにある？

どころか、そのルールを撤回させるための、門番による不法侵入だった——皮肉にも今日子さんは、そのお手伝いをしてしまったわけだ。

いや、違う。皮肉じゃない。

思えばあのとき、扉井警部補は僕達のことを、あまりにもすんなりと通している——そして、展示エリア以外を捜索するべきだと、それとなく促していた。ヘルメットのインカムで爆弾解体の相談を持ちかけられるというのは計画外だっただろうが、館長室でニセ爆弾が発見されれば、ヒートアップしていた町村館長とのルール交渉が可能になるという読みは、これ以上なくハマった。

「そのせいで、今度は警察関係者が疑われることになりましたので、ぜんぜん計画通りではありませんよ。さしあたり、秘密会議のメンバーに選ばれましたが、私が疑われるのは時間の問題だったでしょう——と言うより、忘却探偵は最初から疑って、私を会議に招いたのかもしれません」

私にはこの事件の真相が最初からわかっていました——確かに。

今日子さんが果たして、『９０１０』の正体をいったいどこまでつかんでいたのかはわからない——し、永遠にわかることもなくなった。

忘却してしまったから。

僕が自分で自分を拘束したのを確認したのち、扉井警部補は、意識のない今日子さんの上半身を起こすようにした——介抱しようというのではない。むしろ逆で、僕とは別の柱に、今日子さんをくくりつけた。手錠はもうないので、その辺からロープをピックアップした。ありあわせの道具立て——収蔵庫ゆえに、紐(ひも)くらいはいくらでもある。

気を失ったまま柱に縛り付けられても、今日子さんが目を覚ます様子はない。ああ、もどかしい。今すぐ駆け寄って、その両肩を揺すりたい——だが、扉井警部補は彼女をぐるぐるに縛ったあと、余ったロープを持って、僕のほうにも寄ってきた。そして既に手錠で拘束されている僕の手首を、更に上から縛る——そこまで念入りに固定しなくてもと訝(いぶか)ったが、どうやら、最後に手錠を回収するつもりらしい。

「残していくわけにはいきませんから。これ、警察の備品ですからね。焼死体が警察の手錠で拘束されていたらおかしいでしょう——ふたりとも、燃えてなくなる素材で縛っておかないと」

焼死体?

あ、と気付く——自分の置かれている状況の想像以上のやばさに、遅まきながら思い至る。今日子さんの推理通り——忘れてしまった推理通り——この収蔵庫に爆弾があるのだとしたら、ここにこんな風に縛られてしまったら!

「ちょ——扉井警部補！　僕だけでいいでしょう！　口封じなら、今日子さんまで殺す必要はない！　今日子さんの頭の中にしかなかった推理は、あなたがこうして忘れさせたんだから——」

僕は仕方ない、のこのこついてきてしまった自分のミスだ。容疑が晴れたならさっさと帰ればいいのに、いつまでもだらだらと現場に居残ってしまった——知らなくていい真相を知ってしまった。

だから僕を始末しようというのはわかる。

だけど、今日子さんに限っては、そんな柱に縛り付けなくていい——気を失っている彼女を抱えて、『何者かに襲撃されたみたいです』などと言いつつ、優良警部のところに連れて行けばいい。それで万事解決だ。なんだったら、行方不明になった僕に、その罪を着せてくれても構わない。

「そうですね。なかなか帰ってくれないあなたには困りものでしたよ——隠館さんの役目は、もう済んでいたのに」

「僕の役目……？」

何を言っているんだ？　いや、そう言われて思い当たった。今日子さんの自意識過剰——僕を爆弾魔に仕立て上げることで、忘却探偵を舞台に登壇させたという、例の仮説。

まさか。

まさかまさかまさかまさか。

犯人の目的は、展示品の盗難でも、町村館長への怨恨でも、ましてや愉快犯でもなく。

「あ、な、た、は——今、日、子、さ、ん、を、殺、す、た、め、だ、け、に、こ、ん、な、事、件、を、起、こ、し、た、ん、で、す、か？」

「もちろん」

『學藝員９０１０』は頷いた。

「動機は復讐(ふくしゅう)です」

28

扉井あざな警部補、つまり『學藝員９０１０』は、ショックから立ち直れずにいるらしい隠館青年に、「忘却探偵。守秘義務絶対厳守。どんな事件も一日で解決します——そして明日には忘れます」と、置手紙探偵事務所のキャッチフレーズを、朗読するように言った。

「でも、忘れられるほうはたまったものじゃありませんよね。忘却探偵の常連であるあなたには、この気持ち、わかっていただけるんじゃありませんか？」

「………？」

わかる、わからない以前の問題らしく、隠館青年からの返答はない——構わずに扉井警部補は続けた。

「実は私、今日子さんのお噂を聞いていただけではなく、捜査をご一緒したこともあるんですよ——私が視力を失ったのは、そのときでしてね」

「……今日子さんのせいだって言うんですか？」

「さて、どうでしょう」

扉井警部補ははぐらかすようにそう言って、回収した手錠を腰元に戻す——続けて、隠館青年のポケットから、彼のスマートフォンを抜き取った。アドレス帳にたっぷり、探偵の連絡先が詰まったスマートフォンを。

どうしたものか。

このままにはしておけないが、持って行くわけにもいかない——焼死体に手錠がかかっているのも不自然だが、それ以上に、今時、携帯電話を持っていない死体のほうが不自然だという理屈が成り立つ。

壊れているのも不自然だ。

少し考えて、隠館青年からも忘却探偵からも、離れた位置の棚に置いた——電源を切るべきかとも思ったが、しかし、爆破時刻までにどこかから着信があるかもしれない。今時を語るなら、『電源が切れたケータイ』も不自然だろう。みんながバッテリーを持ち歩くような時代だ——放っておくしかない。

やれやれ。

こうなると、電子機器を持ち歩かない忘却探偵への対処の、なんと簡単なことか——なんと脆弱な探偵なのだろう。

か弱い。これまで誰からも復讐をされていなかったのが不思議なくらいに。

「ちょ——ちょっと、質問に答えてください！　一緒に捜査をしたっていうその事件で、一体何があったんです！」

「話しても意味はないでしょう？　あなたの仰るとおり、今日子さんはその件については、もうすっかり忘れてしまっているのですし——そしてあなたは、これから爆死するのですから」

「……お願いします、扉井警部補。どうか、こんなことは」

しおらしい台詞も、最後まで言わせなかった。今日子さんを眠らすために使った、有機溶剤をしみこませたハンカチを猿ぐつわにして、隠館青年を黙らせた——むろん、このハンカチもまた、バックヤードから頂戴してきたものだ。

ありあわせの道具立て。

事前のリサーチによれば、この収蔵庫は防音仕様なので、扉井警部補が心配したのは大声で助けを呼ばれることではない——隔離したスマートフォンを音声で操作されては敵わない。

彼にも眠ってもらおう。

忘却探偵同様に、ぐったりと夢の世界に旅立ったらしい隠館青年を置いて、扉井警部補、『學藝員９０１０』は、盲導犬エクステに連れられ、警察犬マニキュアを連れて、収蔵庫をあとにする——爆弾処理班のリーダーに、収蔵庫も異常なしのオールクリアだったと報告するために。

もちろん、暗証番号を教えてくれた美術館職員との約束通り、シャッターはきちんと施錠した。

29

僕は眠っていなかった。

酷い臭いで酷い味で、確かに意識は吹っ飛びかけたけれども、今日子さんに使用したあとの再利用だったからだろう、睡眠導入の効果は薄かったようだ——咄嗟(とっさ)に気絶した振りをするくらいの機転は、僕にも利く。

ただ、その寝たふりも、功を奏したとは言いにくい。隙を突く前に、扉井警部補はさっさといなくなってしまった。

化学薬品の香りにむせそうになっただけだ。いっそ眠ってしまった方が楽になれたのかもしれない、すぐそこで、すやすや寝ている今日子さんのように——だが、ややあって混乱から立ち返ってみると、僕は猛烈に腹が立っていて、眠るどころではなかった。

扉井警部補、『９０１０』の犯罪に対する怒りではなかった。今日子さんの罪のない寝顔に対する怒りでも、もちろんなく——自分自身に対する怒りだった。

どうして気付かなかった。

扉井警部補の狙いが忘却探偵に対する復讐であることに——いや、それに気付けというのは、もちろん無茶だろう。忘却探偵の、過去に担当した事件の記録は完全に抹消されている——それゆえの忘却探偵だ。扉井警部補と今日子さんの間に、どんな因縁があったとしても、当事者ではない僕にそれを察することは不可能だ。

しかし——忘れられること自体を恨む人がいるなんて。

ふたりが捜査協力したのがどんな事件だったとしても、今日子さんのせいで扉井警部補が視力を失うようなことがあったとは思えないけれど、どんな悲劇が彼女達を襲ったとしても、今日子さんがその悲劇を忘れてしまったことが許せないという風だった。

ただ、ほのめかされたように、その気持ちがまったくわからないかと問われると、一概に否定もできない——会うたびに『初めまして』と言われることを、存在を否定されているように受け取る人だっているだろう。

僕がそんな風に思ったことがないかと言えば——違う、こんなのはストックホルム症候群だ。扉井警部補に理解を示してどうする。彼女が『実はいい人』で、気が変わって助けに来てくれるのを期待するのか？　それがどういうものであれ、今日子さんへの恨みを晴らすためだけに、これだけの重犯罪に手を染めた人物だぞ？

僕を巻き込むことにもまったく躊躇していない——僕のうろちょろは、彼女の計画通りではなかったけれど、しかし計画を変更はしても、計画を中止することはしなかった。タイムリミットを設けた時点で、今日子さんを美術館に招き入れ、この収蔵庫で爆死させることこそが、最初から『學藝員９０１０』の目的だったのだから——今日子さんが思わぬスピードでの推理を見せたため、その予定をちょっぴり早めただけだ。

あとは、午後八時までに処理班を含む捜査陣を撤退させて——美術館を狙ったように見せかけた爆弾で、今日子さんを……。

「…………」

閉館時間の午後八時まであとどれくらいだ？　と、先ほど気を取られた掛け時計に目をやった僕は、そのとき、違う思いに囚われた——ちなみに現在時刻は午後六時で、タイムリミットまであと二時間だったが。

届かない、か、あれ？

いや、掛け時計は遥か先なので、届くわけがないし、届いたからどうということもない——僕が言っているのは、時計を見たときに視界に入る、先ほど扉井警部補に没収されたスマートフォンだ。

むろん、それにだって届かない。届くような場所に置くはずがない——けれど、スマートフォン自体には届かなくとも、それが雑に置かれた保管棚になら、ぎりぎり、つま先が届きそうな気がする。

試しに足を伸ばしてみた。

分不相応とも言える、身の丈に合わない巨大な身体を、これまでずっと持てあましてきた僕だけれど、このときばかりは、身長があと十センチ高ければ！　と心から願った——果たして。

両足とは行かなかったけれど右足の、つま先どころかかかとまで届いた——マット・エクササイズみたいに、相当無理な姿勢になったけれど、届いたは届いた。

お父さんお母さん、ありがとう。

親にこんなに感謝したことはない。

がんがんと、僕は棚を蹴り続けながら、そうか、褒められたものではない僕の猫背が、このときばかりは前向きに働いたのかもしれないと思った——扉井警部補は、声のする位置やらで、相手の背丈を判断する。今日子さんに警察手帳を投げたときも、僕に手錠を投げたときもそうだった——だから、彼女は猫背の僕をそこまでの巨漢だと思わなかったのかもしれない。

もしかすると、それで麻酔の量も足りなかったのかもしれない——扉井警部補はそれで十分だと思ったとしても、ハンカチにしみこんだ有機溶剤は、身体の大きな僕を完全に眠らせるには足りなかった。

何が役に立つかわからないな。

こうやって棚を蹴り続けていれば、三段目のところに立てかけられたスマートフォンは、床に落下するんじゃあ——落下したスマートフォンが、手の届くところに転がってくるんじゃあ——と、そこに一縷（いちる）の希望を見いだした僕だったのだけれど、なかなかに棚は丈夫だった。頑丈と言ってもいいくらい。

ボルトで固定でもされている？

大切な芸術作品を収蔵する保管棚だから当然か。まるで大陸棚でも蹴っているようにびくともしない。ともすると、扉井警部補は、僕をなぶるために、あんな届きそうで届かない位置にスマートフォンを置いていったんじゃないかと、邪推したくなってくる——と、そのとき、唐突に、ぐらりと大きく保管棚が揺れた。僕は、振動でスマートフォンが床に落ちてさえくれればそれでよかったのだが、僕の角度からは見えない奥のほうで重心に大きな動きがあったのか、棚自体が大きく傾いてしまった。

しかもこちら側に。

ボルトで固定されているんじゃなかったのか⁉

微動だにしないと思われた保管棚は、一度傾いてしまうと、あとはなし崩しだった――ものすごい音を立てて、スマートフォンどころか、陳列されていた中身を全部、床にぶちまけた。

柱に縛られているので避けることもできず、危うく下敷きになるところだった。

爆死ではなく圧死するところだった。

今日子さんを見る――すやすや眠ったままだ。

この人は、本当にもう。

こんなシチュエーションだというのに、思わず、苦笑したくなった――あとで文句を言おう。なんとしても。僕はそう決意を新たにして、スマートフォンを探す。現代美術の粋(すい)を集めた保管棚に、保全されていた数々のアートをどうやら台無しにしてしまったことについては冤罪じゃあ済みそうもないけれど、それはいったん棚上げだ（皮肉な表現である）。

僕のスマートフォンはどこだ？

あらゆる探偵の電話番号が登録されていて、そうでなくとも僕の命綱と言ってもいいスマートフォンだけれど、この場合はマジで命がかかっていた――あった。

手元とは言わないまでも、太ももそばあたりに――落下の衝撃に耐えられなかったのか、それとも真上に何らかの芸術作品が直撃したのか、画面のガラスが蜘蛛の巣のごとくびしびしに割れてしまっていることにひどいショックを受けたが、ガラスの下で点灯する待ち受けを見る限り、中身は壊れてはいないようだ。

『PM6:05』と、きちんと表示されている。

だが、ここで僕は、自分の考えが足らなかったことに気付く――そもそもロープで後ろ手に縛られているので、たとえ手元にスマートフォンが落ちていたとしても、操作ができない。

腰元にあるスマートフォンを、どうにかして柱の後ろまで移動させたとしても――あるいは、僕自身が柱を軸に回転するとか――スマートフォンのタッチパネルを、画面を見ずに操作するなんて不可能だ。ボタン式ならまだしも、画面はつるつるなんだから――いや、全面ヒビだらけで、もうつるつるじゃないが。

フィーチャーフォンだったら！

たとえ猿ぐつわをされていなくとも、音声認識機能なんてほとんど使ったことがない――

今日子さんはどうだろう？　彼女は猿ぐつわをされていない。あの位置から喋ってもらえば――だが、目を覚ます様子はまったくない。棚の倒壊にも起きないのなら、爆発の瞬間も今日子さんは夢の世界にいるんじゃないだろうか――それは不幸中の幸いとも言える。

あるいは眠りが深いと言うより、薬品の効果が強過ぎるのかもしれない。だとしたらイノセントな寝顔なんて、詩的な表現をしていられない。

ピンチのときは、常に探偵に助けてもらってきた僕だが、今だけは、依頼人を返上しなければならない――誰にも助けを求めるな。

今日だけでいいから。

考えろ、こんなとき、名探偵ならどうする？

タフな名探偵なら、こんな苦境も難なくクリアして見せる――タッチパネルの話題って、どこかで出なかったっけ？　そうだ、取り調べ室だ。もうかなり昔の出来事のようだが、時計の上では半日も経っていない。

そうそう、今日子さんが探偵らしいことを言っていた、タッチパネルは指紋の採取に役立つって――まるで刑事ドラマで、捜査員が容疑者にコップを渡して指紋を採取するみたいに――他にも何か言っていたな？

それを回避する方法があるって。

手袋をするんだっけ？　静電気を通す手袋を――違う、それは優良警部の感想だ。今日子さんは、指紋をつけずに操作する方法があると言っただけだ――つまりあれは、指で触れずにタッチパネルを操作する方法があるという意味だったんじゃないのか？

音声認識……、を、タッチパネルにさえ詳しくない人が、知っていたとは思えないな。最新技術じゃあ、視線で操作するコンピューターっていうのもあるらしいけれど、そんな最新こそ、今日子さんとは無縁のものだ。

「…………」

ひょっとして。

と、思い、僕は身をよじった――そんなことができるのかどうか、確信があったわけじゃないけれど、理論上はできなければおかしいはずだ。音声、つまり口で操作しようとしたのでも、視線、つまり目で操作しようとしたわけでもない――鼻だった。

僕は鼻先で、ひび割れたスマートフォンの画面に触れた。

指紋はないが鼻だって皮膚だ。

牛ではないので、人間の鼻紋をカタログ化したデータベースは世界中のどんな捜査機関にも存在しなかろうから、犯人特定にはなんら役立たないにしても、静電気を発するという理屈の上では、鼻先も指先と変わらない。

果たして——成功した。

スリープ画面がアクティブになり、『パスコードを入力』と表示された——画面が近過ぎて、鼻でぽちぽちと、細かくパスコードを入力するなんてのは難しかったけれど、しかし緊急連絡先へのダイヤルには、パスコードの入力は必要ない。

僕は画面をスライドさせる。『110』。

警察へはすぐに繋がった。

落ち着いた声で対応してくれるオペレーター——その温度差に、身を焼くような焦燥感が多少は落ち着いたものの、むろん、猿ぐつわをされている僕には、通話先に現状をつつがなく伝えることが出来ない。

考えてみれば、すぐ階下に警察官ならたくさんいるというのに、電話でオペレーターに助けを求めるというのはなんとも隔靴掻痒（かっかそうよう）である。どうしたものか、このまま通話状態を維持しておくだけでも、電波から位置情報を特定して助けに来てくれるのだろうかと、次々に到来する課題に頭を悩ましていると、

「あのー」

と。

横合いから暢気（のんき）な声がした。

見れば、果たしていつから僕の孤軍奮闘を眺めていたのだろう、今日子さんが起床していた——文字通り、床から起きていた。

「つかぬことをおうかがいしますが——ここはどこですか？　あなたは誰ですか？」

「………………」

オペレーターとまったく同じことを、推理も真理も犯人も、今日の日付さえも、すべてをすっからかんに忘れて、すっきりお目覚めの今日子さんは、へとへとで疲労困憊(こんぱい)の僕に訊いたのだった。

30

かくして、からくも窮地を脱した忘却探偵ではあったけれど、しかしこれで万事解決、めでたしめでたしとはならなかった——五月雨(さみだれ)式に『ならなかった』要素を列挙すると、まず、本部から連絡を受けてすぐに階下からかけつけてくれた優良警部や爆弾処理班の面々が、入念に捜索しても、収蔵庫から時限爆弾が見つかることはなかった。

今日子さんの『時限爆弾は、展示エリアでも、関係者以外立ち入り禁止エリアでもなく、関係者でさえ這入れないエリアに設置されたのではないか』という推理は、残念ながら外れていたというわけだ——爆弾と一緒に監禁されているのだと、気が気でなかった僕だけれど、よくよく思い出してみれば扉井警部補は、収蔵庫に時限爆弾があるとは一言も言っていない。今日子さんの結果として的外れだった推理に、巧みに便乗しただけだ。たまたま収蔵庫が、今日子さんを監禁する候補地のひとつだったに過ぎない。ならばその勘違いに、彼女はさぞかしほくそ笑んでいたことだろう——その扉井警部補、つまり『學藝員9010』の件も、まったく解決していない。

推理小説ならば、犯人の正体が判明すれば、それでしゃんしゃんと幕引きなのだろうけれど、今日子さんと僕を収蔵庫に閉じ込めたあと、彼女は美術館から姿を消していた。ご丁寧にシャッターを施錠し、『収蔵庫はチェック済み』と上司に報告したあとで（この報告自体は偽りのない真実だったわけだが）、原木巡査に二匹の犬を預けて、まるで近場のコンビニに行くくらいの感じで、ふらりと美術館の外に出て行ってしまったそうだ。

まさか自分が『9010』としてでっちあげられていたとは夢にも思わなかった原木巡査は、『大事な二匹を預けていくくらいだから、そう遠くに行くわけではないんだろうな』などと、なんとなく思っていたそうだが——その行為の実態は、真犯人の逃走だった。

今日子さんに復讐するという目的を半ば果たしたからなのか、それとも、万が一僕達が救出された場合に備えての予防措置なのか。ともかく、彼女は美術館から立ち去って、無線でも携帯電話でも、連絡が取れなくなった。

マニキュアはともかく、エクステがいなくては、扉井警部補は実際にそう遠くまで行けないんじゃないかとは僕も思ったが、整備された道を歩く程度には支障はないそうだ——そう言えば、そんなことも言っていた。

見えないのは光であって、影ではない。

思い出してみれば、それができるからこその、立体駐車場での、クルマの『陰』を利用してのトリックだったわけだ。

二匹の犬を担保に、まんまと逃げられてしまった。

もっとも、そうでもなければ、あからさまに怪しい僕の証言なんてとても信じてはもらえなかっただろう——爆弾処理班のメンバーだけでなく、優良警部を始めとする捜査チーム、はたまた鑑識班に至るまで、誰もが『扉井警部補がそんなことをするはずがない』と、口を揃えた。

縛られていた僕を犯人扱いした人達もいたくらいだ——さすがに優良警部に窘められていたけれど（一度は僕を逮捕しかけた優良警部に庇われるとは）、とにかく、扉井警部補はそれくらい信頼の厚い警察官だった。

誰も彼女を疑っていなかった。

忘却探偵でさえ、あの時点では。

なので、『９０１０』の正体と動機こそ判明すれど、仕掛けられている爆弾の位置もわからなければ、犯人がどこで何をしているのかもわからないという状況に変わりはなかった――めでたしめでたしにならなかった。残り時間は、二時間を切ったというのに。

現在午後六時十分。

普通なら、もうギブアップしてもいい時間帯だった。いや、これは時間の問題ではない。今日子さんは犯人である扉井警部補に、招かれるがままに舞台に登壇してしまった――どころか、入館禁止を受けていた扉井警部補の思惑を見抜けず、自ら館内に招き入れてしまった。

解体したのはニセ爆弾だった。

犯人ではないと断言してしまった。

収蔵庫に爆弾はあるという推理は外れていた。

盗難目的という読みも外れていた。

原木巡査こそが『９０１０』だという嘘に騙されて、まんまと連れ出されてしまった――狡猾な罠にかかって眠らされ、自分の命のみならず、僕という依頼人の命まで危険に晒してしまった。

彼女のファンである僕の目から見ても、フォローのしようがないくらいの大失態だ――むろんそれぞれの体たらくに釈明の余地はあるにしたって、プライドのある探偵だったら、即日看板を下ろすくらいの失敗続きである。意気消沈して、すごすご尻尾を巻いて帰ったとしても誰も責めないだろうし、むしろそうするのが、せめてもの敗北の美学だと考える者もいるだろう——普通なら。

　ところが今日子さんは忘却探偵である。

　奇しくも『９０１０』によって眠らされてしまったことで、そんな決定的なトラウマになりかねない記憶は、綺麗さっぱり、完全に消し飛んでいる。失態も失敗も、ぜんぜんショックじゃないし、まったく傷つかない。反省の色がない、真っ白だ。今も喫茶店で服の袖をまくって（収蔵庫でたらふく埃をかぶったので、体調に異常がないか確認したのちに、また着替えている——）、自身の腕を不思議そうに見ていた。

『私は掟上今日子。25歳。

　置手紙探偵事務所所長。白髪、眼鏡。

　記憶が一日ごとにリセットされる』

　素肌に書かれたそんなプロフィール、『掟上今日子の備忘録』を、まじまじと再確認している——記録を残さない探偵の、数少ない、最低限のメモ書きだ。逆に言うと、今、彼女にある情報はそれっきりこっきりで、ここまでにどんな推理推論を抱いていたのかも、ぜんぜんわからなくなってしまったわけだが——だが、探偵の心はまだ折れていない。

捜査は続く。最大であと一時間五十分。

「今日子さん。お待たせしました。これが、扉井警部補が失明した事件の、捜査ファイルです」

託された二匹の犬を、とりあえず美術館の近場で経営されていたペットショップにお願いして（警察手帳を盾にして、とも言う）、預かってもらった原木巡査が、今日子さんの座るテーブルに置いたのは書類の束ではなく、彼のタブレットだった——今時は捜査ファイルも、ＰＤＦで送信するものらしい。

「ありがとうございます、原木巡査。初めまして」

今日子さんはそう頭を下げて、「うわー、最近のタッチパネルって、ここまで来てるんですねー」と、空気を読まずにはしゃいでいた。

その地点まで戻るわけだ。

今日子さんがあのとき、取り調べ室でほのめかしてくれたヒントがなければ、僕達は今頃、まだ収蔵庫で縛られていたままだというのに。そんな無邪気な彼女に、苛立ちの混じった口調で、「お願いしますよ、今日子さん」と、同席している優良警部が言う。

「もう動機面からアプローチするしかないんです——収蔵庫にも見つからない。展示エリアにも、バックヤードにも——もちろん、この喫茶店にも。仕掛けられた爆弾の位置を特定するには、『90……』——扉井警部補の内面に這入り込むしかないんです」

その苛立ちには、信じていた仲間を追わなくてはならない苛立ちも混じっているだろう——自分自身への怒りだ。

「はあ」

と、気の抜けた返事をする今日子さん。まるで共感していない。

さっき起きたばかりの今日子さんにとっては、扉井警部補は、『会ったこともない、知らない人』である——そういう意味で、僕や優良警部、爆弾処理班のメンバーが抱えるような心理的な葛藤は皆無だ。

もっとも、普段ならばその精神衛生的なノーダメージが、今日子さんに最大のパフォーマンスを発揮させるアドバンテージだとしても、そんな忘却探偵の忘却探偵たる所以(ゆえん)こそが、犯行の動機と直結しているとなると……。

今日子さんと扉井警部補は、かつて捜査を共にして、そしてその事件で、扉井警部補は失明した——今日子さんのせいで？　名探偵のミスで被害を受けた、その恨み——いや、ミス自体ではなく、そんなミスさえ、忘却してしまう探偵が許せなかった——動機。

ただ、あの切羽詰まった状況で聞いたから、力尽くで納得させられたというか、大した疑問もわいてこなかったけれど、改めて考えてみると、奇妙でもある。

復讐が目的なら、ダイレクトに置手紙探偵事務所を爆破すればいい——乱暴な仮定だが、そのほうが確実だ。なぜ無関係の美術館を巻き込むような真似をした？　個人に対する復讐が目的だとしたら、どう考えてもやり過ぎじゃないのか？　死傷者は出ていないにしても、出ていてもおかしくなかったし、物的被害はとんでもなく甚大だ。

それに、何年も前の出来事である。

だから時効であるという意味ではなく、扉井警部補はなにゆえに今、このタイミングで忘却探偵への復讐に打って出たのか——その疑問を解く鍵を探すためには、やはり過去に遡らなければならない。たとえ今日子さんが忘れてしまっていても、それが扉井警部補にとっては、忘れられない過去だったとするのなら。

あるいはそれが、爆弾の設置場所だけではなく、彼女を追跡するための一助になるかもしれないのだ。

「爆弾の位置か、扉井警部補の位置か。最低でもそのどちらかを——できれば両方を——あと二時間足らずで突き止めなければならないんです。爆弾処理のための時間を考えると、タイムリミットまで一時間強もないかもしれない。とにもかくにも、ご一読ください、今日子さん。それで何か思い出すことがあるかもしれません」

「ないと思いますけどねえ」

忘却探偵のシステムをいまいち理解していないらしい優良警部に対して肩を竦め、しかしその熱意にほだされたのか、今日子さんは「ま、読んでみますか。最速で」と、タブレット画面での速読を開始した。

31

『XXXX高等学校爆破事件』
20XX年6月20日
被疑者――XXXXX（3年5組・男子・当時17歳）
被害者――XXXXX（3年3組・男子・当時18歳）
XXXXX（3年2組・女子・当時17歳）
XXXXX（3年3組・女子・当時17歳）
XXXXX（2年1組・女子・当時17歳）
XXXXX（2年1組・女子・当時16歳）
XXXXX（1年5組・男子・当時15歳）
事件概要―理科部の部長が校内で爆弾を製作。
学年を問わず、不仲だった生徒の机に簡易爆弾を仕込み、次々と爆破。

最終的には学校全体の爆破を企んでいた模様。

製作した爆弾の数は約300個。

この数字は全校生徒数を超える。

備考――爆弾の大半は不発で処理。

殺傷能力は高かったが、迅速な捜査により、被害者はみな軽傷で済んでいる。

ただし捜査員1名が、捜査中に女子生徒をかばって失明被害。

32

……聞いたことがない事件だった。たぶん、未成年が嚙(か)んでいることもあって、秘匿扱いになったのか――捜査ファイルも伏せ字だらけだし。それとも、結果としてはそれほどの被害が出たわけではないから（机に爆弾を仕掛けられた子供達の心のケアは必要不可欠であるにせよ）、ニュースバリューがないと判断されたのかもしれない。ただ、デリケートでありつつもセンセーショナルな要素を含む事件だから、まったく報道されなかったということはないだろう――単に僕が知らないだけか。

女子生徒をかばって失明被害。

これが扉井警部補のことであるのは間違いないだろうが、このくだりだけ読むと、今日子さんのせいとは読み取れない。と言うか、当然ながら、報告書を読み進めても、忘却探偵の忘の字も、置手紙探偵事務所の置の字も出てこない——掟上今日子の掟の字も。

警察の捜査に民間探偵である今日子さんが非公式ながらも協力できるのは、ひとえに彼女は忘却探偵だからであって、その成功もその失敗も、記録には一切残らない——だから、捜査ファイルに、扉井警部補と今日子さんの因縁がそのまんま書いてあるなんて期待ははなからしていなかったけれど、しかし、ここまでとっかかりがないと、がっくりくる。

「依頼人は誰だったんでしょう？　やっぱり、この事件の現場指揮官ですか？」

僕が訊くと、原木巡査が、「連絡を取ってみましたが、依頼人は自分ではないと仰っていました」と説明してくれた。

「そのほか、爆弾処理班のメンバーも含めて、当時、この事件にかかわった者に話を聞いて回っている最中なんですけれど、我こそは今日子さんに捜査協力を依頼したクライアントだと、名乗り出る人はいませんね」

「まあ、秘密裏に依頼したんでしょうしねえ」

今日子さんは速読を終えて、一応は腕組みなんかをしてみせて、当時のことを思い出そうと努力しているような素振りをみせる。

警察官たるもの名探偵などという輩に頼るべきではない——という風潮もあるだろうから、

たとえ今日子さんに依頼したとしても、当人はそのことを隠したがるケースがあるわけか。もしも自分の手柄として報告してしまったら、尚更だろう。

「あるいは、扉井警部補自身が依頼人だったのかも」

優良警部がそんな仮説を立てた。

あり得る話だ。

元々は、ふたりは、探偵と依頼人という関係だったのかもしれない。今の僕と同じだ。それなのに、いったい何があって、どんなすれ違い、どんな仲違いがあって、こうも取り返しのつかない対立構造に——ふと視線を向けると、腕組みをしたままの今日子さんの表情に、ほんの少しだけ、苦悩が滲(にじ)んでいるように見えた。即席麻酔の後遺症か？　いや。

素振りではなく、案外、この人は本気で思い出そうとしているのかもしれない——無理を承知で。

そうか。

忘却と言っても、推理の間違いや犯人にまんまと騙されたことを忘れるのとは、質が違う——自覚なく、どこかで他人を傷つけていたかもしれず、またそれが、事件の火種になっているかもしれないとなると、さすがに『何もかも忘れてすっきりしました！』とはいかないだろう。

なまじ、どんな事情があったのかを覚えていないだけに、弁明のしようもない――構図としては冤罪にも似た、悪魔の証明だ。こうなると、たとえ時限爆弾のことは置いておくとしても、なんとしても今日子さんと扉井警部補の間にある因縁を掘り起こさなければ、今回のみならず、今後の探偵活動にさえ支障を来しかねない。

僕はそんな不安にかられ、原木巡査のタブレットを勝手に操作して、もう一度最初から捜査ファイルを読んでみることにした――情報が更新されるわけではないけれど、捜査の過程のどこかに、今日子さんの活動らしきものがあれば――たとえば、『迅速』というキーワードとか――、それをフックにできないか。順を追って考えてみよう。丁寧にだ。事件の発生は２０XX年6月20日、場所は――ん？　２０XX年6月20日？

ちょっと待てよ、それって――

「――まただ！　また騙された！」

僕はそう叫ばずにはいられなかった。テーブルを囲んでいる全員、のみならず、周辺で爆弾探査をおこなう捜査員の注目まで集まってしまったけれど、構ってはいられなかった――なんてことだ！

「あの、どうしましたか、隠館さん？　騙されたって――」

優良警部の問いに、僕は、「因縁なんてこれっぽっちもないんですよ、今日子さんと『9

010』の間には！　動機は復讐なんかじゃないんです！」と、感情を抑えきれず、乱暴に答えた。

収蔵庫での怒りは、優良警部同様に自分への怒りだったけれど、ここでようやく、僕の内に、扉井警部補への怒りが生まれた。他人に対し、こんなに怒ったことはない。クルマを爆破されても、柱にくくりつけられても、ここまでの怒りはなかった。まったくアンガーマネージメントできない。

「因縁なんてないって――いや、捜査ファイルを上辺だけ読めば、そう見えるかもしれませんが、忘却探偵の存在は秘匿されているんですから――」

原木巡査が、咄嗟に僕を宥めようとしてくれたけれど、置手紙探偵事務所の常連である僕に、そんな説明はあまりにも言わずもがなだ。

そして常連であるからこそ。

できる証言があった。

できるアリバイ証言があった。

「20XX年6月20日！　その日は僕が、今日子さんに依頼をしてるんですよ！　不法侵入及び業務上横領及び銃刀法違反の濡れ衣を晴らしてもらっているんです！　忘却探偵のその日のファッションから必要経費込みの依頼料まで水も漏らさず覚えていますとも！」

33

またしても死角だった。

守秘義務絶対厳守の忘却探偵は、過去に担当した事件をすべて忘れてしまっているから、裏を返せば、どんな事件を担当していてもおかしくない——したがって、どんな事件でもでっち上げる余地がある。好きに捏造できる空白がある。

悪魔の証明。

忘却探偵の推理ミスで失明したなんて、そんな冤罪をかぶせられても、そう簡単には否定できない——捜査ファイルやらの記録に、その事実が記されていなくても、『機密扱いだから掲載されていないんだ』と説明がついてしまう。結果、捜査陣はありもしない因縁を、いつまでも探し続けることになる——いかにもそれっぽいドラマ性じゃないか、忘却探偵への復讐なんて。

果たしてそれは何なんだろうと思っちゃうよ。

魅力的な謎だ。

だけど、『９０１０』にとって、原木巡査をミスディレクションの犯人に仕立て上げようとしたのと同じで、結局はそれもフェイクの動機だった——そのルートをいくら念入りに追及しても、爆弾は発見されない。

危ないところだった。

しかし、忘却探偵のほうは忘れていても、依頼人にとっては、それぞれの事件が、忘れることのできない事件である——僕は今日子さんに助けられたことを、ひとつとして、一度として忘れていない。

忘れっこない個々である。

証拠が必要であれば、そのとき『初めまして』と渡された、忘却探偵の名刺だって用意できる——つまり、扉井警部補が失明したその日、今日子さんには別の事件を担当していたという確固たるアリバイがあるのだ。

これで今日子さんの容疑は晴れた。

隠れ蓑として今日子さんを巻き込むために上得意の僕を利用した犯人だったが、しかし、僕が常連であるがゆえに、今日子さんの容疑を晴らせたというのは、これは『都合の悪いこと』と言うより、『９０１０』の自業自得と言えよう。

もうひとつ確かなこともあった。

今日子さんへの復讐を、ニセの動機として設定したということは、それだけ『９０１０』は、真の動機を隠したいということである——それが館長への恨みなのか、展示品の盗難なのか、それともまったく別の動機なのかは、またしても不明に戻ってしまったけれど、しかしぎりぎりのところで、僕達は袋小路に迷い込まずにすんだ。今日子さんへの復讐の振りをして、扉井警部補は何を企んでいるのか——その企みがわかれば、爆弾の設置場所のヒントになるのか。

現在時刻は午後六時三十分。

大いに時間を無駄にしたけれど、まだ戦える。

「厄介さん」

と。

優良警部と原木巡査が、捜査方針を改めるために喫茶店から去ったのとほぼ同時に、今日子さんがそんな風に、小声で、僕の袖を引いた。

厄介さん？

本日は一貫して、隠館さんと呼んでいたはずなのに——ああ、そうか、記憶がリセットされたから、習慣もリセットされたのか。

だけどそれだけじゃなさそうだった。

「ありがとうございました、私の冤罪を晴らしていただいて」

「い、いえ、いつもこちらがしてもらっていることですから——」

「そんな厄介さんに、内密にご相談が。もう、誰の何が信用できるのか、さっぱりわからなくなってきましたので」

そう言って今日子さんは、僕の袖をつかんだまま、引っ張って移動する——またしても『内密にご相談』。だが、リセット前と違うのは、扉井警部補はもちろんのこと、優良警部や原木巡査さえ、今日子さんはメンバーから外したということだった——そりゃあそうだ、仰る通り、この状況じゃあ何を信じていいかわからない。前提さえも不確かだ。まして今日子さんは、昼間から築いてきた捜査陣との関係性も忘却し、優良警部とも原木巡査とも、『初めまして』の仲である。

そんな中。

今日子さんは、僕を信じていいと判断したらしい——『初めまして』で言えば、優良警部や原木巡査と、何ら変わらない僕を。

アリバイ証言をしたから？　それと同時に、常連客だと証明したから？

「いえいえ。信用するのは、あなたがあれだけ怒ってくれたからですよ」

今日子さんは言った。

改めて言われると、人目もはばからずにあんなに激高してしまったことは、恥ずかしいくらいなのだけれど——怒ってくれたから？

『9010』は、どうせ忘れているんだから、何を言ってもいいだろうと思ったようですけれど──過去を忘れることと、過去を改竄されることとは、まったく違います。そのことをあれほど激しくわかってくださる厄介さんを信用しないで、一体誰を信用しろって言うんです？」

「…………」

逆に、僕のほうが理解されたみたいな気分だった──あれほど激怒した十分後に、こんなに泣きそうになっているなんて、情緒不安定もいいところだったけれど、しかし、センチメンタルになっている場合でもなかった。

今日子さんが僕を連れ込んだのは、館内図書室だった──美術芸術関係の蔵書が揃った部屋で、本棚が立ち並んでいるため物陰も多く、仕掛けるにはうってつけにも見えるけれど、もちろんそれゆえに、既に爆弾のあるなしはチェック済みのエリアだ。その、いわば『安全な物陰』にこそ、今日子さんは僕を連れ込みたかったようである──図書室内に人がいないことを確認してから、今日子さんは、

「庇っていただいたお礼というわけではありませんが、厄介さんに見ていただきたいものがあるんです」

そう言って、ぷちぷちと、ブラウスのボタンを裾のほうから外し始めた。

「ちょっ——やめてください、今日子さん！　僕はそんなつもりで庇ったわけじゃあ！」

焦った僕だったが、ぜんぜん違った。そういうことではなく、今日子さんがブラウスの下半分をはだけて、うっすらと脂肪をまとう腹部を露出させたのは、そこに書かれている文字を、僕に見せるためだった。

『architect-9010』

ニセ爆弾の文字盤に書かれていたのと同じく、絵の具による——左腕の素肌に書かれた備忘録と同じく、今日子さんの筆跡だった。

34

『architect-9010』。

どのタイミングで書かれた備忘録だろう？

考えるまでもない、守秘義務絶対厳守の忘却探偵にとって、素肌に記す備忘録は、左腕に書かれた最低限のプロフィールを除けば、危機的状況の緊急措置だ——たとえば、事件がまだ解決していないのに、築き上げてきた推理が不本意にリセットされそうになったときにのみおこなわれる行為だ。

つまり、扉井警部補によって意識を奪われる、まさにその瞬間に書かれたものだと思われる――犯人が有機溶剤をどこからでも調達できたように、探偵は筆記具を、館内のどこからでも用意できただろう。

記憶を失う直前に残した、いわばダイイングメッセージである。騙され、眠らされ、監禁された忘却探偵が、ぎりぎりのところで一矢報いた証拠――、やられっぱなしではなかった証拠とも言える一筆だ。

なされた推理は、探偵活動は、すべてはリセットされていなかった――おそらく、目覚めたのちの体調チェック時、あるいは単に着替えたときに、今日子さんは『昨日の自分』から、そのダイイングメッセージを受け取ったのだろう。だが、慎重にもそれを、これまで誰にも相談せずに、ひとりで抱え込んでいた。

『architect-9010』？

どういう意味だ？　ひとりで抱え込んでいても解決しないと判断し、唯一『信用できる』僕に、『内密にご相談』を持ちかけてきてくれたんだろうが――

「ええ。それをお聞かせ願おうと思いまして。私ってば、記憶がリセットされる前に、このようなメッセージにまつわるお話をしていませんでしたか？」

「いえ――」

言いながら、僕はその文字を注視する。

なんだか今日子さんのおなかを注視しているようで決まりが悪いが、そんなことを言っている場合でもない――素人考えでわかる範囲のことを言えば、たぶんこれって、投稿された動画のユーザー名、『curator-9010』に準(なぞら)えているんだよな？　キュレーターは学芸員だから、『學藝員９０１０』――で、『architect』はなんだっけ？　アーティスト……、いやいや、違うぞ。

アーキテクトだ。

「ええ。アーキテクトは『建築家』ですね」

「建築――」

アーキテクトにはまったくピンと来なかった僕だけれど、和訳されたその言葉には、記憶が刺激された――どこかで聞いたような気がする。気がする？　頼りないことを言うな。忘却探偵の外部記憶装置として、僕はなんとしても、思い出さなければならないのだから――そうだ、監禁される直前に聞いたんだ。扉井警部補が爆弾処理をするようになったきっかけ――父親の仕事を見ていて、その影響だと言っていた。

父親の仕事――建築業。

「それ！」

珍しく、淑女である今日子さんは図書室で大きな声を出すという、マナー違反を犯した。

まあ、ブラウスを大胆にはだけておいて、今の彼女には淑女も何もあるまいが――どのみち、室内には閲覧者はおろか司書さんさえいない――それ？

建築業がどうかしたのか？

「確認します、厄介さん。『9010』に強い影響を与えていたお父様が、建築業界に属していたんですね？」

「え、ええ。建築現場では、ほら、発破を使うから――なんて言ってたんでしたっけ。解体作業に爆弾を使っていた父の影響で、爆弾解体を生業にするようになったとか、そんなようなことを――」

正確な引用ではないけれども、そんな文意のことを言っていた……、だけど、それがどうした？ 扉井警部補がどうして爆弾処理を仕事にするようになったかなんて、ただの雑談だったじゃないか。

「どうして爆弾処理を仕事にするようになったかは、確かに重要ではありません――ですが、どうしてこ、こ、こ、この美術館に爆弾を仕掛けたのかはことのほか重要です」

そりゃあ、今更言われるまでもない。重要も重要、最重要だ。展示品を狙ったのでも名物館長を狙ったのでもないとしたら――そして探偵を狙ったのでもないとしたら、『9010』の目的は、いったいなんなんだ？

「私達には、この事件の真相が最初からわかっていました」

今日子さんが言った——いつもの台詞と少し違う。『私達には』と言った。それはつまり、誰にとっても自明だったという意味だ。

「だって、犯人は最初から言っていたんですもん。ターゲットは町村市現代美術館だって——所有者でも、作者でも、来館者でもなく、『學藝員９０１０』は、学芸員ではなく建築家として」

建物そのものの破壊を目論んでいたんです。

35

建物そのものを狙っていた。

死角続きのこの事件だが、なかんずくこれは、あまりにも大きな死角だった——確かに、美術館が狙われていると聞けば、普通、そこに展示されている作品が狙われているのだと考える。直接的にしろ間接的にしろ、直喩的にしろ暗喩的にしろ——ハコの中身が爆破対象なのだと考える。

単体の作品を狙うのであれば、爆破なんてやり過ぎだと思っていたはずだ——あるいは、今日子さんひとりを狙うにしては、巻き添えがあまりに大き過ぎると思っていたはずだ。しかし、こうして、その仮定は、それら疑問に綺麗に答えてくれる——やり過ぎてもいなかったし、巻き添えでもなかった。

美術館という入れ物、ハコ自体が破壊目標だったと言うのなら。

……これまでだって、『９０１０』の立てた犯罪計画は、必ずしも滞りなく進んでいたとは言いがたい——数々の計算違いや読み違えがあった。もちろんすべてがうまくいくなんて最初から思っていなくて、それらに臨機応変に対応し、見事と言っていいほどに、軌道修正を続けていた——だけど、これは違う。

『學藝員９０１０』は、初めてミスをした。

漏らすべきではない情報を、探偵に漏らした——あのとき、扉井警部補は今日子さんに怪しまれることなく、彼女を収蔵庫に連れて行くことに集中しなければならなかった——間を持たせるために、気を逸らすために、会話を続けなければならなかった。

あるいは、どうせこのあと名探偵の意識を奪って、すべてを根こそぎ忘れさせるのだからという気の緩みもあったのかもしれない——いずれにしても、そんな『志望動機』を漏洩させてしまったことは、僕達にとって、ようやく手がかりとなる、『９０１０』の手抜かりだった。

ことあるごとに振り出しに戻りっぱなしだった推理が、ようやくのこと、一歩前進した。

そして最速の探偵は、一歩目からがトップスピードである。

僕はようやく今日子さんの腹部から目を離して、腕時計を見る——まもなく午後七時にさしかかろうとしていた。わずかながら光明が見えてきたところで、しかし、残り時間はいよいよ一時間を切ろうとしている——爆弾処理にかかる時間や、捜査陣（と、僕達）の避難にかかる時間を考えれば、ここでタイムアップと言ってもいいくらいだ。

だが、ここでやめるわけにはいかない。

僕の胸の中で、扉井警部補に対する怒りは、まだめらめらと燃え続けている。忘れられた記憶を捏造（ねつぞう）するなんて——まるで『故人とは生前、とても親しくさせていただいて』みたいなことを、ぬけぬけとやってのけた扉井警部補に対して、とても寛容な気持ちになれそうにない。

「優良警部にお願いして、この建物と扉井警部補の関係を調べてもらいましょう」

既に展示作品や、町村館長との関係みたいなものは調べ始めているはずだが、美術館を美術館として捉えず、あくまで建造物として捉える視点からのアプローチを、今は最優先にすべきだ。

そう思って提案し、図書室をあとにしようとしたが、しかし今日子さんはそんな僕を「お待ちください、厄介さん」と引き留めた——なんだろう、まだ優良警部が信用し切れないのだろうか？　しかし、ことここに到れば、警察の力をまったく借りないわけには……。

「わかっています。でも、その前に厄介さんに言っておきたいことが」

ひょっとしたら、もう一度、改めてさっきのアリバイ証言の件のお礼を言うつもりなのかと思った——僕がこれまでどれだけ今日子さんに濡れ衣を晴らしてもらってきたかを思えば、何のお返しにもなっていないくらいなのに。

しかしそうではなく、今日子さんは声を潜めて、「こうしてお見せした、私のおなかの文字がヒントになったことだけは、くれぐれも黙っていてくださいね」と言った——いつも営業スマイルの今日子さんが、驚いたことに、少しだけ頬を赤らめていた。

「普段は私、もうちょっと胴回りがすらっとしてると思うんですよ、忘れていますけれど。こんなはずがないんです」

「…………」

それが僕だけに腹を割った理由なのだとすれば、いやはや、なんともおしとやかな探偵だった。

36

探偵の奇抜な推理を楽しんでいただいたところで、警察のずば抜けた調査能力を紹介しないわけにはいかない——忘却探偵から提供された新たな可能性を軸に、優良警部の率いる捜査陣は、ものの五分で、扉井警部補と町村市現代美術館の関係性を突き止めた。一度気付いてしまえば、それくらい単純なことだったとも言える——道理で『９０１０』が、それを隠すために、ああも趣向を凝らし、腐心したわけだ。

僕としては、なんとなく、扉井警部補の父親の会社が、この美術館を建てたんじゃないかというような予想をしていたけれど、しかし事実は真逆で、彼女の父親の会社は、この美術館を建てられなかったのだそうだ。

「いわゆるコンペティションで落選したようです。社運をかけたプロジェクトで、そのとき、設計を担当したのが扉井警部補の父親だったそうで——建築士だったんですね。同時に責任者だったわけですが、つまり、プロジェクトが頓挫した際に、責任を取らされる立場にもありました。まあ、デザイナーズコストだったりなんだったり、それだけが原因というわけでもないのでしょうが、結局自主退職することになったそうです」

もう既に引退して——

「元々は真面目な会社員だったそうですが、職にあぶれてからは自宅でずっと酔い潰れていて、扉井警部補は、そんな父親の姿を見ながら十代の大半を過ごしていたとか——暴力を振るうようにさえなった結果、母親とは既に離婚が成立していて、現在は扉井警部補が父親を扶養しているようです。と言っても、大学生の頃から、既に事実上、娘が父親を養っているような状態だったそうで」

悠々自適の隠居生活——

イメージはまるで違うし、ファザコンの意味も、こうなるとみるみる変わってくるが、しかしこの件に限っては、扉井警部補は、ほとんど嘘を言っていなかったわけだ。口が滑ったことには気付いたのだろう、すぐに話題を変えていたけれど——しかし、警察の内部監査スキルに感嘆しつつも、随分と家庭の事情まで踏み込んだリサーチである。

どうやってこの短時間でそこまで調べたのか、手腕よりも手法のほうが気になったが、「内部に情報提供者がいることは、もう明白でしたからね」と優良警部は説明してくれた。

「扉井警部補の友人関係を当たりました——案の定、警察署内の捜査の進捗具合を逐一、扉井警部補に伝えていた友人が見つかりました。本人に自覚はなかったようですし、爆弾処理を担当している捜査官に訊かれれば、隠館さんを署にお招きしたことや、今日子さんの到着、そして出発などを、教えない理由もないでしょうからね」

僕に関する『お招きした』なんて穏当な表現が、どれだけ適切かはともかくとして、これで犯人が、『９０１０』という警察内の符丁を知っていた理由もわかった——まあ、それは彼女の立場なら、いずれは知った情報だろうが。

知らず知らずのうちに犯罪に荷担してしまっていたその友人が、主に、扉井警部補についての情報を提供してくれたらしい——友人の家庭の事情をつまびらかにするなんて、抵抗がありそうなものだが、無自覚のうちに共犯者にされたことに憤慨したのだろうか？　ところが、そうではないらしい。

もちろん警察官として義憤にかられてはいるそうだけれど、しかし一方で、友人は友人に、同情的でもあるそうだ。

「捕まえてあげてください。止めてあげてください」

懇願するようにそう言ったそうだ。

「私の知っていることは全部お話ししますから——私の軽率な行動については、どんな罰でも受けます。ただ、あざなちゃんにこれ以上、罪を重ねさせないであげてください。したくてしてるわけじゃないんです」

ここまでの事件を起こしておいて、『したくてしてるわけじゃない』は通らないだろうし、こんな状況でもそんなことを言ってくれる友人がいるにもかかわらず、犯罪に走った扉井警部補を、僕は改めて許せない気持ちになったが、しかし、その陳情に、少しばかり冷静になったことも認めなければならない。

『頼む。誰か私を止めてくれ』

早く私を止めてくれ。

予告動画の最後の言葉は、挑発ではなく本音かもしれないと見た今日子さん——だとすると、あれはSOSと言うよりは、探偵への依頼だったのかもしれない。忘却探偵に、恨みなんてなかった扉井警部補だが、彼女をフェイクに選んだ理由が、『過去をでっち上げられるから』以外にもあるとすれば、それは——やはり今日子さんが、最速の探偵だったからではないだろうか。

さておき、友人からの情報提供以外からでも、新たに判明した事実があった——優良警部の発想のたまものというか、これは今日子さんもそこまでは予想していなかったことだ。

最初に爆破された立体駐車場——僕が犯人にされかけ、警察署に丁重に『お招き』いただいたきっかけとなるデモンストレーションの舞台となった立体駐車場。あの建築物の設計図を描いたのが、誰あろう、扉井警部補の父親だったそうだ——父親の会社が受注した仕事だった。

普通、立体駐車場の図面を誰が引いたのかを、気にする人はいない——だけど、そこにそうして建っている以上、それを造った人がいることを忘れてはいけなかった。建築会社に保存されている書類に小さく、『設計担当』の欄に書かれていた名前は、確かに扉井警部補の父親のものだった。

その情報は、僕を混乱させた。

父親が人生の階段から転落していくきっかけとなった美術館を狙うというのはわかるとしても、父親がなした仕事も狙うというのでは——どちらかならわかる。暴力を振るい、家で飲んだくれてばかりいる父親を疎ましく思い、彼のなした仕事を台無しにしようとしただけならわかる——でも、やるならどちらか一方じゃないのか？

「あざなちゃんはきっとお父さんの仕事がどれだけ立派だったのか、証明したかったんだと思います」

それが動機だと思います。

と、問われた友人は語ったそうだ。

「私も捜査ファイルを読みました。爆弾の被害にあった立体駐車場の状況を見て、気付いたんです——確かに、駐車されていたクルマはほとんど、台無しになりました。ガソリンに引火して、立体駐車場全体が火に包まれました——衝撃的な予告動画でしたけれど、でも、すぐにスプリンクラーが作動して、鎮火したでしょう？　表面的には黒焦げにはなりましたけれど、立体駐車場自体は、倒壊も崩壊もしていません——穴も開いていない」

優良警部も、現場検証のために内部に這入ったとき、クルマさえ運び出せば、明日からでも営業を再開できそうだと思ったそうだ——設計図。

図面を引いた建築士。

火災にも地震にも耐えうる構造。

あの予告動画で、ありし日の姿の立体駐車場を見たとき、きっと誰しも、『何の変哲もない立体駐車場』だと思ったことだろう——平凡で地味で、面白味のない建物だと。

だけど——その設計は芸術的でさえあった。

非常時のみならず、確かに、あの駐車場を仕事で日常的に使わせてもらっていた僕に言わせてもらえるなら、使いやすい駐車場だったことは間違いない……、対して、この美術館はどうだろう？

扉井警部補の父親の設計が落選したコンペとやらで、当選したデザインで建てられたこの建築物は——決して使い勝手がいいとは言いがたい。廊下が曲がりくねっていて、無意味な階段やアップダウンに満ち満ちていて、バックヤードも、ぜんぜん効率的じゃない。来た道を戻るのも一苦労だった。収蔵庫が二階にあるというデザインも理解しがたい。むろん、美術館としてはそういう難解なほうがいいという判断があったのかもしれないけれど、災害時には不安な造りだ。

たとえば今回のように。

「まあ、『美術館としては』という判断も確かにあったかもしれませんが——それと同じくらい、不正があったのかもしれませんね」

これは今日子さんの当てずっぽうだったが、考えられるか——不正とは言わないまでも、建てられるものが美術館なら、文化事業としてそれなりの額の助成金も動くだろうし、あるいはコネクションだったり、賄賂だったり癒着だったりのきな臭い話もあった可能性はある。

もちろん優良警部は、扉井警部補の父親本人にも連絡を取ろうとして、一応、電話は繋がったらしいのだが、酔っ払っていて何も話にならなかったそうだ——呂律の回らない口調で、ただただ、こう繰り返していたそうだ。『俺はもう死んでるんだ。死んでるんだよ。死んでるんだ』。

「『デモンストレーション』なんてタイトルの動画でしたから、ついつい立体駐車場の爆破と美術館の爆破を、『予告編／本編』のように捉えていましたけれど、実際は『前編／後編』だったわけですね」

なぜか今日子さんは映画風に表現した。

「比較実験。どちらも『同じスケールの爆弾』で爆発させて、結果、どちらのほうが優れた建築なのかを実地調査する——世に知らしめる。それが、扉井警部補の動機でしょうか。建築士の娘としての」

芸術家に対する憎しみにしろ、町村館長への復讐にしろ、展示品を盗むためにしろ、あるいは忘却探偵への復讐にしろ、そのためだけに美術館を吹き飛ばすのがやり過ぎであるよう、予告編のために立体駐車場を燃やしたことも、あまりに大袈裟で大がかりだと思っていたけれど、まさしく、立体駐車場と美術館を爆破すること自体が目的だったと言うのなら、大袈裟でも大がかりでもなく、ぴったりである。

「シナリオ通りに――『９０１０』の設計図通りに事件が終結していれば、『同じスケール』の爆弾を使われたのに、そのまま建ち残っている立体駐車場と、瓦礫と化した美術館が、同じ新聞の紙面を飾るということになるんでしょうかね。どちらが優れた建築なのか、一目瞭然になるような二枚の写真が――」

脇目も振らず、目的だけを果たそうと突っ走っている――そして、動機面で残っていた、最後の疑問は、原木巡査が解明してくれた。町村館長の弟などではまったくない、聞けば妹が三人いるらしい原木巡査が解決してくれた――どうして今なのか？

目的が父親の名誉回復――と言っていいのかどうか――にあるとして、どうして扉井警部補は、このタイミングで事件を起こしたのか。

もう二十年近く前のことじゃないか、とは言えない――実際今も、扉井警部補は、のんだくれの父親と同居し、日々、くだを巻く彼の愚痴を聞く生活を送っているのだから。でも、ずっと我慢してきたことが、なぜここで、このタイミングで爆発したのか――何かきっかけでもあったのか？

「癌だそうです。もう、余命幾ばくもないそうです」

原木巡査は、神妙な面持ちで言った。

癌？　余命幾ばくもない？

だから、思い残すことがないよう、死ぬ前に鬱積を晴らそうとした？　同情はするけれど、でも、そんな身勝手な――

「いえ、癌なのは扉井警部補ではありません」

「……？　じゃあ、お父さんが？」

二十年以上飲んだくれているのなら内臓の調子がいいとは言えないだろうと、僕はそう連想したけれど、これにも原木巡査は首を振った。

「癌なのは補助犬のエクステです。さっき、ペットショップの店長から連絡がありました――店長は獣医の資格も持っているそうで、エクステの様子がおかしいと思って診察してみると、両方の目に腫瘍ができているとのことでした」

あちこちに転移していて。

もちろん目は、ほとんど見えていないはずとのことでした。

37

二匹の犬に怯えた様子を見せていた原木巡査なら、逃走するにあたって二匹を託しても、何も気付かないだろうという読みがあったのかもしれない――けれど、確かに原木巡査は動物が苦手ではあったけれど、動物愛護の精神に欠けているわけではなかった。

捜査もあるし、自分ではちゃんと世話ができないと判断した原木巡査は、しかし単に美術館の近所にあるお店を選んだわけではなく、ネット検索を駆使し、獣医師の資格を持つ店長が経営しているような、トリミングなどのケアのみでなく、場合によってはイベントホールでペットの冠婚葬祭まで執り行うような、非常に評価の高い、行き届いたペットショップを探し出し、二匹をそこに預けるという、行き届いたどころか行き過ぎたくらいの機転をきかせていたそうだ――その結果、補助犬エクステの病状が発覚した。

通常、役割を終えた盲導犬は、里親に引き取られ、そこで穏やかな余生を過ごす――けれど扉井警部補は、ほとんど盲導犬として働けなくなったエクステを手放さなかった。

離れたくなくて。

彼女自身が里親になった。

盲導犬に連れられている振りをして、実際は一緒に、散歩しているようなものだったわけだ――きっかけはペット・ロスか。

なんてことだ。町村館長の四角四面が、結局のところ正鵠(せいこく)を射ていたなんて――ペット入館禁止。否。コンパニオンアニマルという意味では、やはりエクステは補助犬だった。

父親との、決して幸福とは言えないであろう同居生活の救いを、彼女がエクステに求めていたのだとすると、そんな補助犬が、よりにもよって目の腫瘍で命を落とそうとしているだなんて悲劇に見舞われれば、そりゃあ自暴自棄にもなるだろう。

自分が癌になったほうがまだマシだとさえ思ったかもしれない――マニキュアはあくまで警察犬だ。危険も任務の一部である。だけど、補助犬は違う。エクステは扉井警部補の一部だった。

二度も視力を失うことになった。

その喪失感に、ずっと抑圧していた感情が、二十年にわたって抑えつけてきた感情が爆発した――いや、違う。

たぶん、もっと静かだ。

か細い糸がぷつんと切れた程度のことだ――結局、扉井警部補はとっくの昔に限界を迎えていて、きっかけを待っていただけなのだ。その意味では、理由も動機も、なんでもよかった。

もう駄目だ、と思ったのではなく。

もういいや、と思ったのだ。

「視力を失ってからも、危険な爆弾処理班の仕事を続けていたのは、一種の希死念慮だったのかもしれませんね」

原木巡査のその深層心理の分析は、いささか踏み込んでいたけれど、だとすれば、その結果エースの座を得たのは、ほとんど風刺である。

ただ、そう言った事実と仮説を総合的に勘案すると、事態は風雲急を告げてきた――エクステがほとんど目が見えていなかったのに、ああして扉井警部補が歩いていたということは、残された時間を共に過ごしていたのと同時に、扉井警部補が、エクステの盲導犬を務めていたという風にも言える。

まあ、厳密に言うなら、現実的には扉井警部補とエクステは、互いに互いの視力を補い合っていたということになるのだろうが、しかし、これまで想定していたよりもずっと、遥かに、扉井警部補はエクステがいなくとも遠出することに慣れていて、姿を消した彼女の追跡は、より一層、難しくなったということである。

どころか、やりたいことはもうやりきったとばかりに、どこか遠くでひっそりと、命を絶っているかもしれない。

残り時間は一時間を切った——ここまで来れば、『9010』は、もう正体を隠そうとはしていない。

生きようとさえしていない。

38

「扉井警部補は、永遠に正体を隠し通すつもりはなかったようですね——それに、真の動機にしても、予告した午後八時まで隠せればそれでよかったのでしょう。私と厄介さんを、あのまま爆死させるつもりもなかった」

事件の背景が、これ以上は望めないほど明らかになっても、美術館全体を覆う陰鬱な空気が打破されることはなかった——感情的な問題もあるが、『學藝員9010』の思想的背景がこれほどつまびらかになったところで、それで爆発物の捜索範囲を狭めることができなかったからだ。

むしろ、美術館全体がターゲットであることを思うと、爆発物をそこここに分散させて、複数配置している可能性さえ出てきた。この時間がないときに、それは致命的な可能性だった。

結局、七時四十五分まで——あと三十分で撤収すると決めて、最後の捜索にかかった。当然、僕と今日子さんも協力する。特に担当エリアを決めない自由探索だ。

ローラー作戦。手当たり次第とも言う。

「爆死させるつもりはなかった？　いや、それはどうでしょう――」

「でも、厄介さんの手の――足の、ですか――届く範囲に、スマートフォンを置いて行ったり、麻酔量が足りなかったり、本気で殺すつもりだったなら、やや手ぬるいという印象を受けます」

言われてみればその通りか。今日子さんにしたって、結局、午後八時を前に目を覚ましているわけだし――午後八時まで、『忘却探偵への復讐』というフェイクの動機で、捜査陣を混乱させられれば、それでよかったという解釈は、確かに可能だ。

「まあ、究極、ぶっ飛んでしまっていても構わなかった程度の手抜かりですね――私が腹部に備忘録を書いていたことにも、ひょっとしたら気付いていたのかもしれません」

じゃあ、『９０１０』の設計図通りに進めば、麻酔が切れて目を覚ました今日子さんが、ひとりでは何もできないでいる僕に指示をして、スマートフォンで助けを求めるという流れになるはずだったのか……？

「厄介さんが自ら機転を利かしてくれたお陰で稼げた時間がなければ、今頃、まごまご私の過去を精査するのに手間取っている間に、どっかーんだったわけですね」

そんな軽やかな擬音では済むまい。

だが、そうやって微増した時間も今や風前の灯だ——展示エリアにもない、バックヤードにもない、収蔵庫にもない、喫茶店にも図書室にもない。爆弾なんて仕掛けられてないんじゃないのかとさえ思えてきた。

「その希望的観測は、捨てたほうがいいでしょうねえ——あるいは扉井警部補は、最終的に真の動機が、世間に知れ渡ることを期待しているのではないでしょうか。でないと、立体駐車場と美術館、両方の被害の度合いを比べようという社会的な動きに繋がらないかもしれませんから」

「じゃあ、予告動画を作成した主な理由は、結局最初に言っていた、タイムラグを設けることで避難を完了させて、人的被害を出さないためっていうのでいいんですか?」

「プラス、センセーショナルな劇場型犯罪にすることで、世間の注目を集めるためですかね。もっとも、それはそこまで成功しなかったみたいですが——さっき見せてもらった予告動画の再生回数、第九位まで順位を落としていましたから」

再生数のコントロールまでは、設計図通りには運ばないか。ただ、美術館が爆発する様子を、再び集まり始めているであろう野次馬の誰かがアップすれば、きっと半日くらいは首位をキープするだろう。

社会の耳目を集めるという目的は、十分に果たせる。

だとすると、扉井警部補が今頃自殺しているかもしれないとまで思ったのは、いささかセンチメンタリズムが過ぎた。案外、目的を果たしたあとには出頭し、それから裁判を通じて、自らの不遇、あるいは正当性を、滔々と訴えようとするかも——

「今日子さん！」

午後七時半になろうとし、爆発まであと三十分、撤収開始時刻までならあと十五分を切ったそのとき、優良警部がこちらに駆け寄ってきた——最速の刑事を気取ったわけではないだろうが、あちこち走り回った風で、汗みずくである。

「おやおや、どうかしましたか？　優良警部。ひょっとして、ひょっこり爆弾が見つかっちゃいましたか？」

対して、今日子さんはあくまで余裕をたたえて穏やかな風だったけれど、しかしさすがに、優良警部が全力疾走で運んできてくれた意外そのものの情報に、柔和な表情を固まらせた。

「署、署に電話がありました——扉井警部補からです！」

39

警察署の友人に、最後にこちらから連絡を取るつもりになったのは、『學藝員９０１０』

の移動経路に、たまたま公衆電話があったからだ。まだこんな文化が残っていたのかと驚いたけれど、あの陰影は間違いなく公衆電話だ。まさしく、こういうときのための公衆電話である、とも言えるわけだが。

これ以上巻き込むべきではないことを思えば、そしてまだ計画が完成を遂げていないことを思えば、間違いなく余計なことをするべきではないけれど（そのために、携帯電話や無線は、ここまでの道中でもう処分した）、しかし、迷惑をかけた友人と最後に話すことが余計だとは、どうしても思えなかった。

エクステがいない状態で、ほんの一時間かそこら移動しただけのことで、メンタルが弱っていたのかもしれない——やはり、エクステなしで生きていくことなんてできっこない。また、急遽変更を加えたために生じた、計画上の不備をフォローしておくべきかという、非常に実務的な理由もあった。

収蔵庫に監禁した忘却探偵と隠館厄介が、まだ救出されていないようであれば、手を打たなければならない。それは即ち、『９０１０』の正体がまだ割れていないということでもあり、扉井警部補はただ、帰りが遅いだけと思われているということでもあるが、その展開じゃあ困るのだ。

ここまで動機を隠すことに執心してきたけれど、午後八時を以て、情報解禁である——だが、この心配は杞憂だった。

杞憂というより、口実だったかもしれない。

あの程度の苦境から、忘却探偵が脱出できないはずがないのだから——こちらの予想より遥かに早い脱出だったらしい——どころか、電話が繋がった友人の話によれば、もう完全に、扉井警部補の背景はバレてしまっているようだった。

さすが名探偵。

やはりあのとき、爆弾処理班への志望動機をこぼしてしまったのがまずかったか——あるいは麻酔を施すとき、彼女が何か腹部をいじっている風に感じたが、あの動作が関係あったのか？　しかし、『忘却探偵への復讐』というそれっぽい動機が、数時間くらいの間は、ミスディレクションになってくれると思っていたのだけれど——あの事件当日のアリバイでもあったのだろうか。だが、忘却探偵にアリバイは立証できないはず……、まったくわからない。いったい何があった？　どうやって彼女は、不名誉な濡れ衣を晴らしたのだ？

いずれにしても、さっさと美術館から離れたことは正解だったらしい——確たる根拠のない行動だったけれど、爆弾処理班として十年近く働いた『刑事の勘』は、探偵の推理をすれすれで躱したというわけだ。

ともかく、捜査主任の優良警部に訊かれるがままに扉井警部補の家庭の事情をつまびらかにしたことを、警察署の友人は率直に詫びた——謝るのはこっちのほうだった。だけど、自首を勧める言葉や、爆弾のありかを問う言葉には、まったくと言っていいほど心が動かなかった——意外だった。決意が鈍るのを避けようと、電話するかどうか迷っていたというのに、そんな心配こそが杞憂だった。

私の心は、とっくに機能不全を起こしているらしい。

もしも今、こうして説得しようとしてくれる相手が父親だったらどうだっただろう？　私の心は少しくらい動いただろうか？　どっちみち、あり得ない妄想だ。あの人は今頃は酔っ払って、電話どころじゃないのだから——結局、『學藝員９０１０』を止めてくれる人なんていなかった。

「今すぐ爆弾のありかを教えてください、扉井警部補」

と。

公衆電話だろうと逆探知は可能なので、そろそろ電話を切ろうと判断したところで、いきなり通話口から聞こえる声の質が、友人のものから別人のものへと変わった。

「教えないと、あなたの犬を殺します」

人の声を聞き分けるのが得意な扉井警部補をして、聞き覚えのあるはずのその声の主が、一瞬誰のものかわからなかったくらい、それは厳しい口調だった。

40

あなたの犬を殺します。

およそ今日子さんらしからぬその台詞に、僕を含め、そのとき喫茶店にいた捜査員、全員が凍りついた——だが、凍りついた理由は、その非情な台詞そのものではなく、およそ意図せず、許されざる汚れた言葉を発してしまったかのような忘却探偵の、僕でさえ今まで見たことがないほどに蒼白（そうはく）な、今にも震えて泣き出しそうな悲痛な表情を、まざまざと目にしているからだ。

いつもの朗らかなにこにこ笑顔や、それとも冷徹な探偵としての、厳しさこの上ない表情で言ってくれていたなら、まだ救いもあっただろう——けれど、この記憶だけは、一晩寝たくらいじゃありセットされないいんじゃないかと、僕は思った。

だが、今日子さんが言うしかなかった。

友人の説得にも応じない扉井警部補から爆弾のありかを聞き出すには、もうこれしかなかった——しかし、警察官にはこんな不適切な脅しはできない。ましてつい先刻まで同僚として仕事をしていた、大袈裟でなく共に死地をくぐり抜けてきた仲間を、なだめるのならともかく、脅すなんて白々しくて説得力がない——代われるものなら僕が代わってあげたいが、しかし僕にも無理だ――騙されたことや拘束されたことには怒りをおぼえ続けているけれど、彼女の人格そのものには、好感を抱いてしまっている。だからこれは、彼女と、彼女との関係性を全部忘れている今日子さんにしか、『見ず知らず』の忘却探偵にしかできない交渉だった。

署にいた友人のスマホに、どうやら公衆電話からかかってきたらしい着信を、スピーカーフォンにして、別のスマホをテレビ電話モードにして、更に原木巡査のタブレットと接続するという、デジタルとアナログの組み合わせみたいな通信手段で、扉井警部補と友人との会話に、強引に割り込んでの交渉である。

誰がどう考えても、これが最後のチャンスだった――今にも倒れそうな今日子さんを、しかし支えてあげることさえできず、固唾を呑んで見守る僕、そして捜査陣一同。

果たして。

「く――あはは。危うく、引っかかるところでしたよ」

扉井警部補からの返答は、そんな嘲笑だった。

「心が動きましたとも。普段通りの口調で言われていたら、脅しに屈していたでしょうね。一瞬、誰かと思いました――そこまで声を作ってしまうと、恐怖の脅迫もはったりだってバレバレですよ、今日子さん」

「……やると言ったらやりますよ、私は」

今日子さんは粘ったが、「どうぞ、お好きになさってください。できるものなら」と、扉井警部補はまったく取り合わなかった。

交渉失敗だ。脅迫は看破された。

「でも、本当に感心しましたよ、今日子さん。既にご承知の通り、あなたを巻き込んだのは、数時間程度時間を稼げる、ニセの動機が欲しかったからです……、でも、私は、人を恨んだことなんて一度もなくって」

「…………」

「私が失明するきっかけになった爆弾を作った犯人のことも、これっぽっちも恨んでないいんです——わからないんですよ、人を恨むって感覚が。だから、適当にでっち上げるしかなかったんです。身に覚えがなくても恨まれてくれる、忘れっぽい人を——ただそれだけの人選でしたが、でも、あなたとの共同捜査は楽しかったです」

勝利を確信してか、饒舌になった扉井警部補に、今日子さんは力なく、

「——覚えてませんよ、もう」

とだけ答えた。

「そうでしたね。私がその記憶をリセットしたんでした。初めまして、今日子さん」

お株を奪うその発言。

「でっち上げた因縁でしたけれど、でも、あの嘘が本当だったらと、今は思いますよ、今日子さん。これは嘘じゃありません――こんな形じゃなく、あなたと一緒に、事件を捜査してみたかった」

これは嘘じゃありませんと言われても、嘘ばっかりで、何が本音なのかわからない――本人にももう、わからなくなってしまっているんじゃないだろうか。

「できますよ」

今日子さんは沈黙しなかった。

こてんぱんに打ちのめされたような状況でも、受け取りようによっては敗者をなぶっているとも取れるような言葉を受けても、それでも、まだ続けた。

「あなたが今すぐ出頭してくれれば。誰があなたを許さなくても、私はあなたの罪を忘れます。次の『初めまして』では、共に謎に立ち向かう、愉快な凸凹コンビが組めますよ。バディものをお送りしましょう」

「…………」

「だから、どうかお願いします。今ならまだ間に合います。爆弾を設置した場所を教えてください」

犯人に懇願する名探偵なんているだろうか。

いないと言う人もいるだろう。

だけど、この日の今日子さんは、僕が知る、どんな名探偵よりも名探偵らしかった——どの日の今日子さんよりも、今日子さんらしかった。

「——あなたには負けました、今日子さん」

と。

しばし黙った後、扉井警部補が、その懇願に応じた。

「実は美術館に爆弾なんて仕掛けてないんですよ。全部、私のユーモアあふれる面白い冗談だったんです。安心しましたか？　じゃあ、一刻も早く避難してくださいね。今からではもう、間に合いませんから。午後七時、四十五分をお知らせします。ぴ、ぴ、ぴ、ぽーん」

ガチャ切り。

41

公衆電話の位置は特定できて、思ったほど遠くはないけれど、間に合うほど近くはない場所だった。ここから三駅分くらい離れた地下鉄の駅の公衆電話で、最速ならぬ快速でも、十五分以上かかる距離だ。しかも当然、電話を切ってからすぐに、扉井警部補はその場を離れたことだろう。

優良警部や原木巡査を始めとする捜査班、そして元同僚の裏切りにあった爆弾処理班の面々も、遂に撤収の準備を始めた――撤収というより敗走だった。

今日子さんを除いて。

今日子さんだけは、喫茶店の席でぐったりとうなだれていた――電話を切った姿勢のまま、微動だにしない。俯いて、ぶつぶつと独り言を呟いていて、とても美しい敗者の姿とは言えない。

もうリセットも利かない。

残り時間がたったの十五分じゃあ、仮眠して起きた頃には、刻み込まれた敗北の記憶と共に、美術館は消えてなくなっている――たとえ一分で起きたとしても、事件の概要を説明するだけで、残り時間を使い切ってしまうことだろう。

事実上、タイムリミットは終わったのだ。

かける言葉もなかったけれど、しかし誰かが言うべきことを言わないといけない――僕だよな。

「今日子さん。気持ちはわかりますが、もう行きましょう。そろそろ出ないと――ここから出口までだって曲がりくねっていて、一直線じゃ行けないんですから」

そういう凝った造りが、扉井警部補の気に障っていたのも事実だ——バリアフリーがなっていないというのは、ありし日の父親の、素朴な設計を念頭においてのことだった。思えば、立体駐車場の爆破の際の手際のよさは、父親の設計であるがゆえに、予習が万全だったからか——防犯カメラの位置も、駐車スペースも、俯瞰の角度も、完璧に頭に入っていた。

最小の火力で最大の効果——くそ。

そんなのは建設現場の基本じゃないか。

「美術館は、そして展示作品や収蔵作品は、もう守ることはできませんけれど、今すぐ僕達が全員避難すれば、せめて死傷者は出ずに済むんですから——扉井警部補の罪状を、少しでも軽くしてあげましょう」

今日子さんが使った脅迫とどっこいどっこいの卑怯な論法だったが、こうでも言わないと動いてくれそうになかった——聞いているのか聞いていないのかわからない今日子さんだったが、しかしどうやら、かろうじて効果はあったようで、のろのろと、最速の探偵とは思えない動きで立ち上がる。

足下もおぼつかなく、なんだかふらついているので、僕は寄り添うように立つ——もしも倒れそうになったら、すぐ支えられるように。その距離まで近付くと、途切れることなくぶつぶつと呟き続けている独り言も、かすかに聞こえてくる——今日子さんはこんなことを言っていた。

「もしも、美術館に爆弾を仕掛けていないというのが本当だとしたら——でも避難はしたほうがいいって——つじつまが合わない——」

「………………」

なんて切ないんだろう。今日子さんが示した誠意を心から小馬鹿にしたような、扉井警部補からの決別の言葉を、それでも推理の材料にしようと分析し続けているなんて、まるで死んだ子の歳を数えるような。もういっそ、今日子さんを抱えて走ったほうが早いんじゃないかとさえ思ったが、ただ、すがりつくようなその推理を、妨げてまで急がせようとは思えなかった。

なので僕は、精一杯話を合わせる。

「そ、そうですね。ひょっとすると、扉井警部補は、本当に爆弾を仕掛けていないのかもしれませんよね。だとすれば、これだけ探しても、どこからも見つからないのも当然というものでーーきっと、探している振りをしながら、ぎりぎりで仕掛けるつもりだったんじゃないですか？　今日子さんの推理があまりに素早かったから、仕掛ける間もなく逃げてしまっただけで——」

いや、駄目だ。これだと矛盾が解消されない。だいたい、仲間の目を盗んで爆弾を仕掛けるなんて不可能だ。そんな怪しげな荷物を持っていたら、一発でバレる。

「そうだ。全員の避難が完了したあとで、宅配便で爆発物が届くんじゃないですか？　今日（こんにち）ではかなり正確に時間指定ができますからね――」

苦し紛れに、僕は現在の（クビが内定している）自分の仕事に照らし合わせて、そんなことを言った――デリバリーで届く爆弾。館内の全員が避難して、お留守だから、宅配ボックスに入れておくとか――なかなかコミカルで面白いじゃないか。適度にシュールで、何よりアーティスティックだ。

まあ、バンを爆破されたドライバーとして言わせてもらえれば、さすがに、一秒のズレもなく午後八時ジャストにお届けするのは無理な注文だけれど――

「――今、なんと仰いました？」

と。

今日子さんが独り言を唐突に中断し――うつむけていた顔を起こし、眼鏡越しに爛々（らんらん）とした目を輝かせ――僕のほうを見た。

今、なんと仰いました？

そう言えば、そっちの決め台詞は、まだ出ていなかった――名探偵の定型句。

え？　でも、僕、今なんて言った？

「た、宅配便で爆発物が届くんじゃないかって——言いましたけれど、いえ、でもそんなの無理ですよ？　それこそ今日び、危険物のチェックくらい、どこでだっておこなわれていますから——」

「それです！」

僕のエクスキューズを無視して、今日子さんは、避難を始めている捜査陣一同、全員に聞こえるような大声で、

「誰か！　地図を持ってきてください！」

と、そう叫んだ。

地図？　地図なんてどうするんだ？　まさかクルマのナビゲーションシステムみたいに、この美術館までの宅配便の最短ルートを検索するとか？　そんなことをしている場合か？

残り十分！

しかしいきなり活気を取り戻した今日子さんは、ぽかんとするみんなのリアクションが完結するのを待ちきれなかったのか、喫茶店の隣で経営されている、今は当然無人のショップコーナーへと駆け出した。美術館のショップコーナーに地図なんて売っているのか？　いや、おみやげではなく、この美術館のカタログを手に取ったのだ——その裏表紙には、美術館までのアクセスマップが紹介されている。

よくまあ、ここまで欲しいものをありあわせで入手できるものだ——しかし、それでは今日子さんの求める要件を満たさなかったようで、不満顔である。

「こういう地図じゃなくて——もっとこう、路線図みたいなものってありませんか⁉」

「ろ——路線図？　路線図って——電車とかの？」

「そうです！　ああ、でも、さすがにそんなの、あるわけがありませんよね、じゃあ代わりに——」

「路線図ならありますよ？　ネットで——」

追いついてきた原木巡査が、例のタブレットを差し出した。

「Can I kiss your magical board！（あなたの魔法の板にキスさせて！）」

今日子さんが、なぜか英語で歓喜の文句を叫び、原木巡査からタブレットをひったくった——むろん、唇で操作するほど我を失ってはいない。

画面には既に、原木巡査が呼び出してくれていた、マップアプリの地図と、電車時刻アプリの路線図とが二分割画面で呼び出されていて、縮尺も揃えられていた——それだけ見ても、僕にはまだ今日子さんの意図がわからない。

僕はいっ、いったい、いっ、何を仰っ、たっ、んだ？

確か駅の公衆電話で、扉井警部補は電話をかけていたということだったけれど——これからみんなで電車に乗って、その駅まで彼女を捕まえに行こうなんて、まさかそんな暢気なことは言わないよな？

そんなの、泥縄どころの話じゃないぞ。

犯人が起訴されてから手錠を作るようなものだ。

「逆です。扉井警部補が来るんですよ、電車に乗って」

「今日子さん……、何かと思ったら……、もう、お願いですからいい加減にしてくださいよ。扉井警部補が出頭なんてしてくれるわけが――」

はっきり言われなければわかってくれないのだろうかと、心を鬼にしかけた僕だったが、しかし、はっきり言われなければわからないのは、僕のほうだった。こんなに言うまでもないことでさえ。

ふたつの図面を見比べてみれば。

露骨なほどに明らかだというのに。

「あ――」

扉井警部補が署の友人に連絡してきたその駅と――美術館の最寄り駅までを繋ぐ線路。

地下、地下鉄の線路が。

町村市現代美術館の真下を通っていた。

42

この国に住んでいて、地震の恐ろしさを知らない者はいない。そしてこの国に住んでいて、交通機関の時計のような正確さを誇らない者もいない。調べてみれば（『Thank you, magical board!』）、丁度午後八時に町村市現代美術館の真下を通過する地下鉄が、扉井警部補が電話をかけた駅から七時五十三分、まさしく今、この瞬間に、発車していた。

七時五十三分発快速。

最寄り駅には、ノンストップで十分後、午後八時三分に到着予定。

だが、到着することはない。その直前に、列車内に持ち込まれた爆弾が、爆発することになるのだから——地下トンネルの中で！

「そう言えば、予告動画の中で、時限爆弾とは一言も言ってなかったな——立体駐車場で使われたものがそうだったから、勝手にそう思い込んでいただけだ」

優良警部はそう言ったが、違う。思い込んでいたんじゃない、僕達は巧みに誘導されていた——けれど、『學藝員９０１０』は、なるほど『同じスケールの爆弾』としか言っていない。

最小の火力で最大の効果。

地下トンネルでの爆破なんて、ほとんど地震みたいなものじゃないか——そして真下で、その規模の爆発が起これば、耐震構造に神経質な設計だったとはとても思えないこの美術館が、原形を保っていられるとは思えない。火事にはならないだろうが、最低でも半壊するだろう——言うならば、真っ黒焦げになりつつも、傾きさえしなかった立体駐車場と、逆の結果になるわけだ。

比較実験……。

「美術館の中に爆弾を仕掛けるとも、一言も言っていない——美術館をターゲットにするとしか……」

苦渋の表情で、優良警部が唸る。

だけど普通はそう考える、立体駐車場での『デモンストレーション』を見せられていれば尚更だ……、しかし、中身の展示物を狙うのではなく、建物全体を狙うのなら、外側から攻撃するというのは、実は理に適っている。

「扉井警部補はここに来るまでの交通手段に地下鉄を使っていたりして、あれは今から思えば下見だったのかもしれませんけれど……、で、でも、地下トンネルだって、かなり頑丈に造っているでしょう……？　本当にそこで爆弾が使われたからって、この建物が倒壊したりするんですか……？」

原木巡査が疑わしげに言う——と言うより、その大それた発想を信じたくないのかもしれない。そうだ。地下トンネルの爆破が、この美術館まで効果があるかどうかは、やってみなければわからない——あくまで今の推理は、『9010』の設計図だ。

実際にやってみたらぜんぜん平気だった、棚から展示物が落ちた程度だったという、『9010』にとっては不本意な結果に終わるかもしれない——今の扉井警部補の精神状態を思うと、計算ミスだってあるはずだ。

ある程度斜めに傾くだけでも、建物として機能しなくなればそれで十分と考えている可能性もある——現時点ではあくまで推測を推測しているような推理だ、確かなことなんて何も言えない。

だけど確実に言えることがひとつ。

そんな計画を実行されたら、地下鉄の乗客は間違いなく全員死ぬ。

午後八時。

帰宅ラッシュとは言わないまでも、それなりに混雑しているであろうこの時間帯に、どれだけの乗客が乗っているのか——考えたくもない。

「し——死傷者を、扉井警部補は、出すつもりはなかったんじゃ……？」

「たぶん——絶対に傷つけたくない対象は、あくまでも同僚に限られていたんでしょう。殺したくない『みんな』の範囲には、爆弾処理班のメンバーしか、広くとっても、捜査陣までしか含まれていなかった」

柱に縛り付けた今日子さんや僕、それに、町村館長達、美術館職員については、『最悪、死んでもいい』と思っていた——居座りを決め込んでいた職員たちを退避させることにこだわったのは、彼らがそこにいる限り、同僚もまた、避難できないからか。

あるいは、同僚だけが生き残ると不自然だから、僕らや職員にも、死んでもらっては困ったのか……、死傷者を出さない美学、どころか、その精神性はカムフラージュでしかなかった。

つまりそれさえフェイク。

立体駐車場の件もしかり。

必要とあらば、どんな犠牲でも払う。

いや、さては目的が目的なだけに、犠牲者の数が多いほうが、センセーショナルで、注目が集まるとさえ思っているのでは——こうなると、さっき今日子さんを避難させようと僕が用いた卑劣な論法が、すさまじい逆説性を帯びてくる。

扉井警部補を止めないと死人が出る。大量に出る。

自動車でも芸術作品でも、建物でもない。

人間が死ぬ。何の関係もない人達が。

「運転士に連絡して、止められないのか⁉　鉄道会社に連絡すれば――」

焦ったように指示を飛ばす優良警部――しかしすぐに取り消す。

「駄目だ、電車が止まれば、計画を察知されたことに気付いて、その場でスイッチを押しかねない――それでも十分効果は見込めると考えるかもしれない。今の扉井警部補に正常な判断ができるとは思えない」

「で、でも、そんなことしたら、扉井警部補本人も、死んじゃいますよね？　爆死――」

今更だ。どこか遠くで自殺するんじゃないかと思った僕のセンチメンタリズムが、まぐれ当たりをした――そのどこかが、間近のここだったというだけで。

爆発のタイミングを確実にコントロールするためには、自らも電車に乗ってしまうしかないと、彼女は自分に、そう言い訳をすることだろう――爆弾だけを電車に仕掛けるのでは、不審物として処理されるかもしれないからと、自分が死ななければならない理由を考えることだろう。

もちろんその理屈は正しい。だけど間違っている。希死念慮の最果てでだ。

誰のことも恨んでいないと、扉井警部補は言ってのけた――それは本当なのかもしれない。けれど死ぬのは、その恨んでいない、何の罪もないどころか、何の関係もない人達なのだ。

そうこう言っている間に、現在時刻は午後七時五十五分――間に挟まれたふたつの駅の、ひとつ目を通過した頃だ。どんな最速も、電車より速くは走れまい――停車中の駅で爆発するのではなく、走行中に爆発するというのが、なお最悪だ。爆発後、走る火の玉みたいになるんじゃないのか？

あと五分。

分どころか、あと３００秒と、秒で表現してもすんなり受け入れられる残り時間になったところで、死傷者は出ないという、唯一の望みすら消え去った――推理が進めば進むほど、絶望的になっていく。

「こうなれば、もう」

解くべき謎が完全になくなってしまったことで、逆に万策尽きてしまった忘却探偵が、ついに諦めのような言葉を口にした。

「良心にかけるしかありませんね」

43

（３００……）

警察署の友人にさえ話さなかった爆弾のありかを、直接的ではないにしても、あからさまと言っていいほど露骨にほのめかしてしまったことを、『學藝員9010』、つまり扉井警部補は不思議にこそ思っていたけれど、同じくらいに不思議なくらい、後悔してはいなかった。

意味もなく、暇潰しみたいに自己分析をすると、たぶん、認められたみたいで嬉しかったのだろう——爆弾処理班のエースとして認められたのが嬉しかったのではなく、犯罪者として認められたのが嬉しかった。今日子さんもまた、警察署の友人から、こちらの家庭の事情を聞いていただろうに、『可哀想な人』扱いしなかった——『お気の毒な被害者』扱いしなかった。若きエースとしてほめそやされることよりも、他の犯罪者と同列に断罪されることのほうが、ちゃんと評価してもらえたような気がした。

彼女を巻き込んだのは、本当にただ、時間稼ぎの動機をでっち上げるためだけだったのだろうか？　と、そんなことも考えた。一日で記憶がリセットされる忘却探偵の噂を聞いたとき、羨ましく思ったというのもある——忘れたいことだらけだったから。

でも、それだけでもないのだろう。

ひょっとして、本当に止めて欲しかったのかも——警察でも探偵でも、あなたでもいいなんて言ったけれど。

今なら思う。

止められるなら、あなたがよかった。

（275……）

自己分析が自己憐憫になる前に、切り替えた——どのみち、もう間に合わない。七時五十三分発の快速に、扉井警部補はもう乗り込んでいる。あとはもう、この便利な公共交通機関が、自動的に、扉井警部補を爆心地まで連れて行ってくれる。

何度も計算した。

この列車はまさしく、午後八時ぴったりに、町村市現代美術館の真下を通過する——もちろん、どうしたって埋められない誤差はあるだろうが、まあ、どんな時計にだって誤差はある。それも含めた規模の爆薬を、扉井警部補は抱えていた——文字通り『抱えていた』。ひょっとしたら、立体駐車場を爆破した爆薬と『同じスケール』と言うにはほんのちょっぴり火薬の量が多いかもしれないけれど、そのくらいはご愛敬というものだろう。

（250……）

そのとき、『不審者・不審物にお気付きになりましたら、乗務員または駅係員にお知らせください』という車内放送が流れる……、不審物か。テリトリーと言うより、扉井警部補にとってアイデンティティとも言える立体駐車場についてはともかく、美術館に爆弾を持ち込み、爆弾処理班の仲間達の目を盗んで、気付かれないように仕掛けるのは結局のところ不可能だっただろうが、その条件は、列車であっても大差ない。

だから自ら列車内に持ち込んだ。そう理由づけて、うまく自殺しようとしているだけなのかもしれないことに、彼女は自覚的ではある——だけれど、扉井警部補にはもう、自殺しちゃあ駄目な理由がひとつも思いつかないのだった。

デイパックに詰め込んだ手製の爆弾を、列車内マナーに従って、背中ではなく、前向きに背負って（前向きに背負う？　なんだそれ？）、その上から普段の簡素なファッションとはまったくセンスの違う、マタニティドレスを重ねていた——つまり、妊婦を装った。

まるで運び屋だ。

妊婦を不審者だと思う者はいない——赤ちゃんを不審物だと思う者はいない。『おなかに赤ちゃんがいます』マークは、それくらいの神聖さを持つ。取り扱い注意のデリケートさなら、爆発物は胎児に匹敵するのは間違いなかろう。まあ、爆発物が、赤ちゃんのようにデリケートなのは真実だし、思えば、今回の事件の大半は、警察で仕入れた知識の悪用である

――それだけでも、自分はもう二度と捜査に携わる資格はない。

いつか一緒に捜査ができるなんて、忘却探偵は言ってくれたけれど、それはやっぱりできないのだ――今日子さんが忘れてくれても、こちらが忘れられない。一生。その一生も、残すところ――


（２００……）


なので、そんな車内放送を意識からオミットする――次は現代美術館前――次は現代美術館前――そう繰り返されても、どうせその駅に到着することはないのだから。

指紋を気にする理由はないが（捜索されているこの状況で、手袋をしているほうが目立ってしまう）、むろん、ドレスチェンジをしただけでなく、髪型も変えて（エクステをつけた――エクステ！）、特徴的な大きめのサングラスも外している。あんなの、見つけてくれと言っているようなものだ――光に満ちた居心地の悪い世界に目が痛くなるけれど、あと三分ちょっとの我慢だ。

視力を失っていることはわかりっこない。点字ブロックもあえて避けている。皮肉にもエクステとの『散歩』が、これ以上ない訓練になっていたし、それに、はっきり言って、往来においては、スマホを凝視することに躍起になっている通行人の皆さんより、自分のほうが前が見えている自信があった。

陰が見える。闇が見える。

闇しか見えない。

（150……）

皮肉と言うなら、警察署の友人の話によると、今日子さんが扉井警部補の動機に――本来は死後に発覚するはずだった動機に――気付いたのは、やはり、迂闊にも漏らしてしまった志望動機がきっかけらしかった。もぞもぞしていた動きは、そのことを腹部に、絵の具ででも書いていたわけだ。腹部をメモ帳として使った忘却探偵と、腹部に爆弾を仕込んだ『學藝員９０１０』という比較も、意外と面白い。あとでそれを知ったとき、忘却探偵も同じような失笑を漏らしてくれるだろうか。

（120……）

あと二分。

漠然と予想していた以上に、何の後悔もない――もっと迷うものだと思っていたけれど、寸前になれば怖じ気づくんじゃないかと実のところ期待さえしていたけれど、ぜんぜん、『今からでも遅くないから、こんなことはもうやめよう』という気にならない。友人の説得がまるで響かなかった以上に、自分で自分を説き伏せることが出来ない――これでやっと死ねるとしか思えない。

楽になれるわけでも、幸せになれるわけでもないが、無になれる。

父親のことも、家庭の崩壊も、美術館そのものに対する鬱屈も、本当はどうでもよかったんだろうな――死にたかっただけなんだ。

二十年前からずっと。

（100……99……98……）

それでも、もしもエクステが喋れたら、喋って止めてくれていたら、止まっていただろうとか、馬鹿なことを考えた。どうやらエクステの病状も露見してしまったようだし、あの子には、いい余生を送ってほしい……、思えば盲導犬を装った日々の散歩なんて、人間の感傷に付き合わせてしまった。こっちが勝手に通じ合ってるつもりになっていただけかも——病気の犬を連れ回してしまっただけかも。視力を二度失ったような気持ちになったが、二度目は、心を半分持って行かれた感じだった——マニキュアには、今後も警察犬として活躍して欲しいものだ。爆弾処理班のエースになれたのは、陰だけが見えるこの目のお陰でもあるけれど、やはりあの子の能力なくしては考えられない成果だった。

唯一、『犬のおまわりさん』ならぬ、文字通りの『犯罪者の犬』として、マニキュアが殺処分されてしまうことだけが不安だったけれど、今日子さんがあんな風に脅迫してきたことで——脅迫してくれたことで、その不安は、逆になくなった。

あの通話をそばで聞いていたであろう爆弾処理班のメンバーが、そうならないよう、計らってくれるはずだ。そこまで計算に入れての、今日子さんの脅迫だったと推測するのは、うがち過ぎだろうか？　だけどあの忘却探偵は、そのくらいにはしたたかだろう——最速で事件解決を目指しつつも、最悪の結果も、常に念頭に置いている気がする。

（60……50……40……）

一分を切ってしまえば、あとはあっという間だった。

ああ。

本当に終わってるんだな、私は。

ここまで差し迫っても、ちっともやめようという気にならない――ぎりぎりになれば、なんて言うか、そう、良心みたいなものが機能するんじゃないかと思ったけれど、こんなに何もないなんて。

完全犯罪をやり遂げたという達成感もない――あるのは、一秒ごとに失っていくような、とめどない喪失感だけだ。

だいたい、完全犯罪だって？　捕まらなかっただけで、完全からはほど遠い。設計図通りになんて何も運ばなかった。そもそも犯罪要件は全部バレている。あますところなく。たぶん、父親を理由にこじつけて、死のうとしていることまでバレている。その恥ずかしさだけでも死にたくなる。

（30……29……28……27……26……25……24……23……22……21……）

一瞬でも完全犯罪を気取ったことが、本当に恥ずかしかったので、そうだ、無理矢理にでも、別のことを考えよう。

美術館に爆弾はないというヒントを受けて、今日子さんは今頃、真相に辿り着いただろうか？　まあ、それはどっちでもいい。忠告通り、ちゃんと避難してくれているといいんだけれど。爆弾処理班のみんなを爆死させることだけは避けようと、四苦八苦したものだが、今は、今日子さんも、ついでと言ってはなんだが、彼女のパートナーを務めた隠館青年も、生き延びて欲しいと思う。

そんな風に思える相手が。

もっとたくさんいれば、私の人生も、違う結果だったのかな——

（19……18……17……16……）

（15……14……13……12……）

（11……10……9……）

「あのー、お姉さん。よかったらここ、座ってください」

と。

正面から、そんな声がかかった。

44

午後八時三分。

快速列車が、町村市現代美術館の最寄り駅に到着したとの連絡があった——待機していた警察官によって、車内から降りてきた容疑者・扉井あざなが拘束されたとの報告だった。一切の抵抗をせず、おとなしく連行されているとのこと——それを聞いて、僕は腰が抜けたように、その場にへたり込んでしまった。

みっともないと思われるかもしれないが、本当に冷や冷やしたのだ——今日子さんはそんな僕を見て、

「無理なさらず、避難なさればよかったのに」

と、からかうように笑った——そう言う彼女も、ほっとしたような笑みだった。

今日子さんが避難しなかったのに、僕だけが避難するなんてできるわけがないじゃないですかと、僕は言い返す——今日子さんや僕だけではない。優良警部も原木巡査も、爆弾処理班のメンバーも、捜査陣の大半が避難せず、さながら昼間、美術館の職員が居座りを決め込んでいたときのように、喫茶エリアに集合し、固唾を呑んで、そのときを待った。

そのとき。

地下で爆破が起こる瞬間ではなく——扉井警部補が、綿密に準備してきた犯行を中断する瞬間を待った。

良心にかけるしかない。

今日子さんはそう言った——しかしそれは、扉井警部補の良心にかけるという意味ではなかった。このままでは巻き添えにされる、『何の関係もない人達』の良心にかけるという意味だった——車内に爆弾を持ち込むと言っても、それ自体、簡単じゃない。

普段から駅員が目を光らせている中に不審物を持ち込むなら、妊婦を装うんじゃないかと、今日子さんは乱暴に決めつけた——ただ、爆弾処理班のメンバーは、それを否定しなかった。彼女をよく知る、彼女が彼らだけは巻き添えにすまいと思ったメンバーは、『扉井警部補は、捜査官としての経験を活かすだろう』と予測した——運び屋。

ならば、そのシルエットを崩さず維持するためにも、扉井警部補は列車の席に座りはしないだろう——帰宅ラッシュではないにしても、電車は混んでいる時間帯だし、立ってつり革を持つはず。

そういうシチュエーションになっていなければ、それでそれまでという限界的な状況設定だが、もしもそこで、自分のことで頭がいっぱいの扉井警部補に、近くに座る乗客から、席を譲るような申し出があったら——マタニティマークをつけている扉井警部補は、気付いてくれるかもしれない。

今、自分が巻き添えにしようとしている人達が、人間であることを。

『何の関係もない人達』と。

関係が生じてしまえば——それがブレーキになる。

大きなおなかを抱えた女性がいたら、当たり前みたいに席を譲る——そんな程度の良心に、今日子さんはかけた。

命をかけた。

「避難しても結果は同じだったのに、ここで結果を待つなんて——一文の得にもならないこと、するじゃないですか」

やはりほっとしたのだろう、皮肉な口調で、揶揄（やゆ）するようなことを優良警部が言った——

今日子さんは肩を竦めて、

「予告時間の午後八時に、私が——そしてあなたがたが、この場所にいたことが、今後の扉井警部補にとって、ブレーキになると思うんですよ」

そう答えた。

「ひょっとしたら、前に進むためのアクセルにも」

あの時点でそんな先まで考えていたのか。

だとすれば、その先行投資こそはまぎれもなく、忘却探偵らしさあふれる、値千金の最速だった。

警察署の友人に続いて、『學藝員9010』、扉井あざな元警部補に面会にやってきたのは、意外な人物だった——忘却探偵・掟上今日子だった。

本当に意外だった。

一日で記憶がリセットされる忘却探偵は、もう昨日のてんやわんやについては、すっかり忘れているはずなのでは？

「いえいえ、あれからまだ一睡もしておりませんので。私にとってはまだ今日なのです」

そんな理屈が通るのか。

言われてみれば、少し眠そうな声だった——疲労も残っているのだろうか。しかし、きっと、同じ服を着たことがないと噂の、彼女のファッショナブルさは健在なのだろう——アクリル板を挟み、古着もいいところのジャンプスーツにヒールも脱がされたコーディネートで、そんな今日子さんと向かい合うことが、やや気まずかった——お洒落にはそれほど興味はなかったけれど、酷く惨めな気持ちになった。何の罰だ。

爆破の罰か。

まあいい、もしも叶(かな)うなら、今日子さんには訊きたいことがあったのだ——その機会はないものと諦めていたけれど、彼女がどういうつもりで面会に来たとしても、これを絶好の機会にしよう。

「それにしても、今日子さん。よくもまあ、私の言うことを信じたものですね——美術館には爆弾を仕掛けていないなんて言葉、鵜呑みにされるとはついぞ思いませんでしたよ」

「私が信じたわけではありませんよ。私にとっては、今この瞬間まで、あなたはお顔も存じ上げない相手だったのですから。私ではなく、皆さんが、あなたを信じていたんです——捜査指揮官の優良警部も、爆弾処理班のメンバーの皆さんも、あなたが『９０１０』だと発覚してからも、一貫してあなたを『扉井警部補』と、階級付きで呼び続けていました」

「…………」

「なので、あくまで避難を誘導しようとしたあなたの言うことは、分析に値する捜査情報だと考えたのです」

なるほど……。

今の今日子さんは忘れているが、『９０１０』の署名から符丁を読み取って、犯人を警察内部の人間だと決めつけたのと、理屈としては同じ推理か。あちらは的外れだったけれど、こちらに関しては、正鵠を射ていると認めないわけにはいかないな。

あれは警察官としての誘導だった。

まあ、それが訊きたかったことではない。

「……今日子さん、いったい何をしたんですか？」

「はて。何を、とは？」

「とぼけないでください。確かにあのとき、私は席を譲られて……、その……」

「心変わり」

「……そうですね、心変わりしました。その意味で、間違いなくあなたは賭けに勝ったのでしょう……、でも、あまりにも偶然が過ぎると思うんですよ」

爆発事故で視力を失って以来、電車で席を譲られるような機会もある――けれど、決してそれは、頻繁な出来事とは言いにくい。いい人ぶっていると思われるのが気恥ずかしいのもあるだろうし、遠慮されるかもしれないと思うのもあるだろうし、まだまだ勇気のいる行動なのだ。

実際、立体駐車場から美術館に向かう際、練習がてらに地下鉄を使用したときには、そんな譲渡はなかった。計画外の出来事も、計算ミスもあった――うっかり口を滑らしたこともあったけれど、しかし、それにつけても、あれはあまりに都合が悪過ぎる。

都合が良過ぎる。

そんなただの稀有な偶然みたいなことで『９０１０』の設計図が頓挫するなんて、納得いかない気持ちがあった——悶々とした気持ちで一夜を過ごした。だから、期せずしてやってきた今日子さんに訊かずにはいられなかった。

あなたが何かを仕組んだんじゃないですか、と。

「とんでもない。私はただ電話を一本、かけただけですよ——鉄道会社を通じて、車掌のかたとお話しさせていただいたのです。ほんの一、二回、車内放送を多く流して欲しいとお願いしました」

「車内放送？」

「不審者、不審物にお気付きになりましたら乗務員または駅係員までお知らせください——優先席付近での携帯電話の使用はご遠慮ください——妊娠中のかた・具合の悪そうなかたに、席をお譲りください」

——がくり、と肩を落とした。

そうか。

雑音だと切り捨てて、時計の秒針に集中するために、乗車してすぐに意識からオミットしていた、車内放送か。

お馴染みの放送を重ねることで、乗客に善意を促した……、ほんの電話一本で。

「現代人が忘れた譲り合いの精神を、忘却探偵が呼び起こしたわけですね」

「確率をほんのちょっぴり上げた程度のことですよ。運任せには違いありません」

「……ところで、私に席を譲ってくれたのは、どんな乗客だったんですか？」

「女子高生です。ご安心ください、あなたのことは話していません」

「そう。それはよかった」

さすが最速の探偵、先回りして答えてくれる。

声からして、まだ十代の子供だとは思っていたけれど、席を譲った相手がニセの妊婦で、どころか爆弾魔だったなんて経験を、その子にさせたくなかった——これからも、困った人には席を譲る乗客であって欲しい。

まあ——マタニティドレスはフェイクでも、具合が悪そうだったのは、きっと、嘘じゃなかった。

「で……、今日子さんは、何のご用で？」

これで心残りはなくなった。すっきりした。ならば、こちらの質問に答えてもらっておいて、黙秘権を行使するわけにはいかない……、何の用だろう。ひょっとして、意趣返しの勝利宣言だろうか。確かに電話では、ちょっと言い過ぎたかもしれないけれど、そんなウイニングランのためにわざわざ徹夜したのだとすると、さっぱりしているようでいて、意外と執拗に根に持つ人だ……。

「まさかまさか。ちょっと、見て欲しい映像がありまして」

「映像？　ですか？」

「はい。原木巡査からタブレットをお借りしてきました——アクセシビリティって言うんですか？　画面の照度を最小限に設定すれば、ご覧いただけますよね？」

「ええ、まあ、ぼんやりとは。明暗差で、影絵みたいに」

眼球の保護器具なので、ジャンプスーツ姿でも、サングラスの装着は許可されている——アクリル板越しだし、薄暗い面会室の中でなら、タブレットの画面も、まぶしくて見えないということもないだろう。

「えっと、これ、どう操作すれば——ああ、こうですね」

手間取っているようだ。

なるほど、たぶん、事件現場の検証映像でも見せようというのだろう——細かいところまで証拠や証言を詰めて、それをもって業務終了としようという、置手紙探偵事務所の万全のアフターケア態勢というわけだ。

「——そうそう。扉井警部補」

既に『元』だが、今日子さんは周りに合わせてか、そう呼んでくれた。

「先にお伝えしておきますと、マニキュアはしばらく、警察犬としての活動をお休みすることになりました」

「……そうですか」

仕方ない。殺処分されなかっただけでもめっけものだ——エクステのことばかりに気がいってしまった。あの子がどうなるかを、もっと考えてあげるべきだった——もっともっと。せめて事件を起こす前に、ペアを解消してあげていたら。

「残念です」

「いえいえ、とてもおめでたい話ですよ。だって、赤ちゃんができたんですから」

「え⁉」

素っ頓狂な大声を出してしまった——後ろに立つ監視係に睨まれて、慌てて声を潜める——潜められなかった。

「赤ちゃん⁉」

「はい。獣医師免許を持つペットショップに預けられたってお話は、もう聞いていますか？エクステの病状も、それで明らかになったんですが——ほぼ時を同じくして、マニキュアの妊娠も発覚しまして」

「…………」

「あるじに似ず、警察犬にしては胴回りがぽっちゃりしてるなあとは思っていましたけれども。もちろん、私とも違って」

いや、今日子さんの胴回りはどうでもいいんだけれど……、開いた口がふさがらない。今自分は、どんな間抜けな顔をしているのだろう。

いったい誰の子だ――決まっている。エクステとしか接点はない。

二匹とも、子孫を残さねばならない血統書つきの仕事犬だから、去勢手術や避妊手術は受けていないが、しかし、それにしても――そんなことに気付かないほど、私はおかしくなっていたのかと愕然(がくぜん)とした。

今回の件でやらかしたどんなミスよりも恥ずかしかった。

そんな取り乱した様子を、悪趣味にもたっぷり楽しむ間を空けてから、今日子さんは、「ですので、マニキュアはしばらく産休です。犬の世界でも、福利厚生はきちんと重んじられるべきですからね」と言った。

妊婦――おなかに赤ちゃんがいます。

「というわけで、せめて赤ちゃんのお顔が見られるまで、エクステに延命治療を受けさせてあげたいのですが、その許可をハンドラーであるあなたにいただきたいと思いまして」

「そ、それは――もちろん、是非。この通りです」

当惑してしまって、頭がまったく働かないままに、頭を下げていた。それを聞いて今日子さんは、何よりです、と言った。

「生まれたら、抱いてあげてくださいね」

「——酷い人ですね、あなたは。恨みますよ」

顔を起こしつつ、扉井元警部補は、生まれて初めての恨み言を口にする……、死なない理由ができてしまった。留置場の中で思い残すことなく、心残りなく、心置きなく、すっきりと、ひっそりと死ねない理由が——生まれたら、抱いてあげてくださいね。

電話で投げつけられた脅迫よりも、よっぽど脅迫的な言葉だった。

「うふふ。では、いつか復讐に来てくださいな。いつか、いつでも。私のほうは、すっきり忘れていますけれど」

「あなたには負けました、今日子さん」

今度こそ。

嘘偽りのない、心からの言葉だった。

そんな敗北宣言をさらりと聞き流して、しかし今日子さんは「あ、これですこれです。あなたになんとしても見ていただきたかった動画は」と、タブレットの操作に成功したようだった。

とことん仕事一筋だなと呆れたが、タブレットの画面に表示されたのは、現場の検証動画ではなかった。

「この動画を作るために、頑張って徹夜したんですから。私はこういうのって人間のエゴだと思っちゃうほうですけれど、厄介さんの提案でして。優良警部や、爆弾処理班の皆さんにもご協力いただいたんですよ」

「…………？」

そのもったいぶった言いかたにさすがに気を持たされた、動揺の冷めやらぬ扉井元警部補は、目を細めて、アクリル板に顔を近づける。

ネガポジ反転のフィルムのように仄暗く認識される画面に映っていたのは、たとえシルエットしか見えなくとも見間違えるわけがない、エクステとマニキュアだ——首輪の代わりに蝶ネクタイを結んだエクステと、真っ白なベールをかぶったマニキュアだった。ＢＧＭはパイプオルガンで奏でられる、楽劇王、ヴィルヘルム・リヒャルト・ワーグナー作曲『婚礼の合唱』だった。

「ペットショップの店長に事情をお話しして、二匹を動物病院に連れて行く前に、簡素ながら店内の会場で披露宴を開かせていただきました——スピード婚ですね。扉井警部補にも是非出席して欲しかったのですが、せめて映像だけでもご覧いただかないと気が気でなくて、私ったらおちおち夜も眠れませんよ」

こんなことのために徹夜したのか。

今日子さんだけじゃない。映像制作に協力してくれたみんなも。私みたいな裏切り者のために。提案者である隠館厄介に至っては……、理不尽に巻き込まれた彼が、いったいどれだけ怒っているか、見当もつかないくらいなのに。

「いかがですか？　一同から二匹への結婚祝いに、可愛らしい新居でも贈ろうかなんて考えているのですが、扉井警部補、腕のいい建築士さんに心当たりはありませんかね？　披露宴の様子を見ながら、ゆっくりと時間をかけて、思い出していただければ」

「……そんなこと言われても、見えませんよ」

照度が、既に最小限まで下げられている画面で流れるその映像を、扉井元警部補は、しかし直視することができなかった。

「まぶしくて、ぜんぜん見えません」

ここしばらく、世界の陰影だけを映していた自分の視界が、久し振りに、光に満たされた気がした。

明日への光に。

付記

今日子さんが留置場の面会室で『學藝員9010』と『初対面』を果たしている頃、僕は同じ建物——警察署——の取り調べ室で、優良警部から取り調べを受けようとしていた。取り調べ室なのだから、そりゃあ取り調べを受けようとはする。

呼び出されたのは、てっきり収蔵庫で保管棚を蹴倒したことに対するおとがめか何かだと思っていたのだが、あにはからんや、そうではなく、昨日の騒動の最中、町村市現代美術館から紛失している展示品があり、他ならぬ僕が窃盗の疑いをかけられているとのことだった——町村館長から、なぜか僕個人を名指しで被害届が出ているので、事情を訊かざるを得ないということで、優良警部も困り顔だ。

うーむ、なるほど。

またしても冤罪か。

まさか冤罪をかぶせられたことが、秘蔵の芸術コレクションをあんな形で足蹴にした僕の失態を、綺麗にうやむやにしてくれようとは……、『9010』の狙いは、展示品を盗むことではなかったわけだけれど、便乗した何者かがいたということなのだろう——ちなみに紛失した作品は、とても運び出せないような大きな大きなブロンズ像だったそうだけれど、ひょっとしてどこかに『矍鑠伯爵』でも、紛れ込んでいたのかな？

「どうします？　隠館さん。探偵を呼びますか？　すぐそこにいらっしゃいますよ」

優良警部が、さながら被疑者の権利を読み上げるように、ざっくばらんに僕に訊いてきた――僕は、少しだけ考えて、「いいえ、呼びません」と答えた。

「これくらいは、自分でなんとか立て直します」

「そうですか。では、取り調べを開始しましょう」

苦い笑みと共に頷いて、優良警部はきりっと切り替え、容赦のない、極めて重要な質問を、僕に投げかけてきたのだった。

「隠館さん、子犬を飼う予定はありますか？」

付記2

エクステとマニキュアの披露宴の映像『わんちゃんウエディング』は、原木巡査によって動画投稿サイトにアップロードされ、リセットされることなく丸一日以上にわたって、再生数第一位の座をほしいままにしたそうだ。

あなたもきっと、ご覧になりましたよね？

あとがき

物忘れというのはそりゃあ誰にでもあることでしょうが、実のところ、本人が物事を忘れる以上に問題を肥大化させるのは、同じ事実を、周りの人は憶えているということです。このバランスの悪さが事態を加速化させると言いますか、それとも停滞化させると言いますか。たとえ待ち合わせの時間を忘れても、集まる全員がその会合をすっかり忘れていたら、特段事件は起こらないし、たとえ約束をすっぽりすっぽかされたとしても、互いに約束を忘れていたのであれば、なんてことはないわけです。と言いますか、そうでないからなんてことはあるわけで、むしろ憶えているほうにしてみれば、相手が待ち合わせや約束を忘れたことは、待ち合わせや約束以上に問題視されるかもしれません。すれ違いなのかギャップなのか、自分が大切に思っているものやことが、相手にとってどうでもよかったときが、人間を一番怒らせるもので、場合によっては侮辱されたようにさえ感じてしまうのですが、別に大切に思ってないから忘れたわけでも、大事じゃないから忘れたわけでもないことくらい、平静なときにはわかっているはずなのに、なぜか怒っているときにはそれを忘れてしまうんですね。どうでもよくなっちゃうんでしょうか？　やったほうは忘れてもやられたほうが忘れないと言いますし、その逆もまた然りで、あのときあんなに親切にしてあげたのに、もう恩を忘れたのかと言われても、言われたほうはきょとんとしてしまったりするのでしょう。怒りで我を忘れると言いますけれど、どうせ忘れるなら、我ではなく怒りであってほしいものです。

と言うわけで本書は忘却探偵シリーズの第十二作目です。今日子さんや厄介くんと言ったレギュラーメンバーのみならず、優良警部や『両犬あざな』を書くのが、思いのほか楽しかったです。今回の事件に限らず、今日子さんがすべてを忘れても厄介くんは何も忘れない、今日子さんのことをずっと憶えていると言うのは、いいことなのか悪いことなのか、実際のところそこまで定かではありませんけれど、そんな感じで『掟上今日子の設計図』でした。

今回VOFANさんに描いていただいたのは喫茶スペースで働く今日子さんです。今日子さんが着替えまくる人だということをやや忘れていましたが、この絵を見ればもう忘れません。ありがとうございました！　次こそ『五線譜』で、その次が『伝言板』です。よろしくお願いします。

西尾維新

初出———本作品は、書き下ろしです。

西尾維新

1981年生まれ。第23回メフィスト賞受賞作『クビキリサイクル』（講談社ノベルス）で2002年デビュー。同作に始まる「戯言シリーズ」、初のアニメ化作品となった『化物語』（講談社ＢＯＸ）に始まる〈物語〉シリーズなど、著作多数。

装画

VOFAN

1980年生まれ。台湾在住。代表作に詩画集『Colorful Dreams』シリーズ（台湾・全力出版）がある。2006年より〈物語〉シリーズの装画、キャラクターデザインを担当。

協力／全力出版

掟上今日子の設計図

2020年3月16日 第1刷発行

著者――西尾維新

発行者――渡瀬昌彦

発行所――株式会社講談社

東京都文京区音羽2-12-21 郵便番号112-8001

編集03-5395-3506

販売03-5395-5817

業務03-5395-3615

印刷所――凸版印刷株式会社

製本所――株式会社若林製本工場

ISBN978-4-06-518990-0

N.D.C.913 260p 18cm